KB115925

네가 준 말

네가 준 말

1판 1쇄 발행 | 2018년 9월 1일

지은이 | 조영의
발행인 | 이선우
펴낸곳 | 도서출판 선우미디어

등록 | 1997. 8. 7 제305-2014-000020
02643 서울시 동대문구 장한로12길 40, 101동 203호
☎ 2272-3351, 3352 팩스: 2272-5540
sunwoome@hanmail.net

값 13,000원

※ 이 책은 충청북도, 충북문화재단의 후원으로 발간되었습니다.

이 도서의 국립중앙도서관 출판예정도서목록(CIP)은 서지정보유통지원시스템 홈페이지(http://seoji.nl.go.kr)와 국가자료공동목록시스템(http://www.nl.go.kr/kolisnet)에서 이용하실 수 있습니다.(CIP제어번호: CIP2018027398)

ISBN 89-5658-584-0 03810

네가 준 말

조영의 수필집

선우미디어
sunwoomedia

서문

남도 여행 중 날이 저물어 슬로 시티 마을로 갔다. 늦여름 저녁 해가 아쉬운 민박집 주인은 비밀번호만 알려주고 인사도 없다. 낯선 집에 앉아 초록이 빛나는 논과 석류나무와 봉숭아 씨앗으로 내려앉는 어둠과 마주했다. 고요하고 장엄하고 서늘했다.

도랑물을 본 것은 다음날이다. 집집마다 도랑물이 흘렀다. 키 큰 모과나무가 있는 집도, 담쟁이넝쿨 올라가는 돌담 아래로도 흘렀다. 두어 송이 연꽃 핀 연못으로 흐르는 물살은 소리가 있다. 물은 깨끗했고 깊었다.

주인 면모를 그대로 보여주는 도랑물은 남 시선을 의식하여 조심했다. 물길도 잘 내줘야 이웃에게 피해 주지 않는다.

내 수필도 도랑물이라고 생각한다. 감추고 싶은데 드러나고 드러내고는 이목을 살핀다. 물길이 메마르지 않도록 해야 하고 과하여 넘치지 말아야 한다. 문밖 도랑으로 보내는 물은 내 것이 아니다.

정리하고 보니 이별의 글이 다수다. 耳順이 되어서야 세상이 보이고 헤어진 후에 가슴이 열렸다.

고마운 분께도 마음 전한다. 중부매일 〈삶 & 수필〉 지면에 글 쓸 수 있어 게으르지 않았다. 고운 시선으로 보듬어준 선우미디어 이선우 선생께 감사드린다.

문학은 내 호흡이고 삶이다.

2018년 8월

조영의

차례

1. 사랑은 돌아온다

2. 슬픈 노래가 좋다

3. 기적은 곁에 있다

1.

사랑은 돌아온다

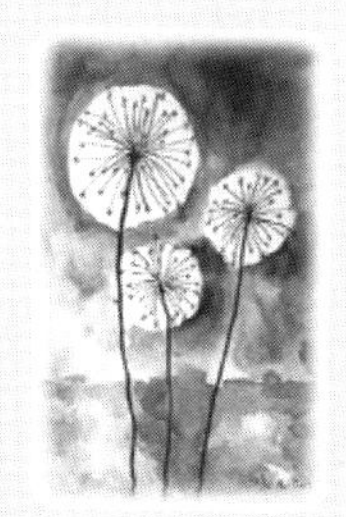

감

아파트 담장 곁 감이 제빛을 띠기 시작했다. 잎이 떨어지면서 드러난 감은 초저녁 등불처럼 빛난다. 운이 좋으면 그중 하나는 내 것이 될 것이다. 나는 넓은 주차장을 비워두고 일부러 감나무 가까이 주차하며 탐낸다.

작년에 우연히 승용차 위로 감이 떨어졌다. 떨어질 때 충격으로 뭉개져 터진 즙이 유리창까지 흘렀다. 꽤 큰 감이었다. 휴지로 닦다가 실수로 입에 닿았다. 순간 농익은 달콤한 맛이 온몸을 감싸고돌았다. 처음 맛본 신선한 단맛이었다. 주변을 의식한 것도 잠시, 온전한 부분을 단숨에 먹었다. 그날 아쉽고 황홀한 맛의 기억이 감나무를 바라보는 계기가 되었다.

잎이 돋는 날을 기억하고 떨어진 꽃으로 꽃목걸이를 만들었다. 차 안에 걸어둔 감꽃 목걸이는 흔들릴 때마다 향기가 날아왔다.

수필가 B 선생 집 뒤란은 오래된 감나무가 여러 그루 있다. 감꽃이 피었다는 전화 받고 갔더니 감꽃 목걸이를 목에 걸어주며 맞아줬다. 단아하고 소박한 감꽃은 B 선생을 닮았다. 감꽃을 줍고 꽃목걸이를 만든 감성과 정성이 꽃에서 활짝 피었다. 아름다운 추억을 나도 누군가한테 주고 싶었는데 몇 송이 되지 않아 혼자 보며 즐긴다.

떨어지는 게 모두 아름다운 추억으로 남는 건 아니다. 세찬 바람이 지난 후 감나무 아래는 떨어진 감으로 어지러웠다. 꼭지를 모자처럼 눌러쓴 연둣빛 열매가 강보에 싸인 아기 같았다. 그 위로 햇살이 쏟아졌다. 빛의 힘이 작은 열매 기운을 앗아갈까 봐 나는 햇빛을 등에 지고 그늘을 만들어 주었다.

불속 같던 여름이 지났다. 토실하게 자란 감이 또 떨어졌다. 태양과 맞선 고통의 멍이 초록빛이 되어 바닥을 적셨다. 반짝이는 잎들이 만들어준 그늘 아래서 마치 내 것을 잃어버린 것처럼 허전하고 속상하여 오래도록 나무 곁을 지켰다. 몇 개 남아 있는 감이 아니었으면 다시는 그곳에 가지 않았을지도 모른다.

가을이 깊어지면서 나뭇가지가 아래로 휘어졌다. 손을 뻗으면 닿을 수 있는 높이다. 대봉감이라 알도 굵고 윤기도 흐른다. 며칠만 더 기다려야지 했지만 닿을 듯 유혹하는 감을 지나칠 수 없었다. 담장을 올랐다. 감은 생각만큼 낮지도 가까이 있지도 않았다. 좀 더 감 가까이 가려는데 장미 넝쿨이 옷을 잡아당겼다. 가시 피하는 일이 더 힘들었다.

기구를 이용하면 딸 것 같아 긴 우산을 가져왔다. 처음에는 나뭇가지만 때렸다. 그다음은 감까지 닿았으나 떨어지지 않았다. 갈라진 잎만 떨어졌다. 한 번 더, 그리고 더 세게 내리쳤다. 감을 따고 말겠다는 의지로 가시에 찔려도 버텼다. 맞는 것은 나뭇가지였다. 어디서 힘이 솟는지 감을 향해 내리치면 허공만 헛손질했다.

그 순간 감나무는 내가 미워하는 대상이 되었다. 내 감정을 쏟아냈다. 잠깐이었지만 집중하는 동안 스트레스가 날아갔다. 마음의 분별을 잃어 허둥대고, 흥분하여 마음이 고요하지 못했던 것도 떨어졌다. 무념의 시간은 나를 가볍게 했다.

감 한 개가 떨어졌다. 나뭇가지가 꺾여 함께 떨어진 감은 작았다. 익지도 않았다. 또 우산으로 맞은 자국이 여기저기 터져 보기도 흉했다. 두 손으로 감싸서 들고 온 감을 식탁에 놓았다. 며칠 있으면 홍시가 될 것이다. 입안에 단맛이 고였다.

감 하나로 식탁은 가을 풍경이 되었다. 바라만 봐도 흐뭇한 감은 오래 가지 않았다. 터져 흐르던 즙이 마르더니 사이가 넓어지면서 표면이 검게 변했다. 감빛은 붉어졌지만 하얀 곰팡이는 전체로 번졌고 모양도 일그러졌다. 시큼한 냄새도 났다. 놓은 자리에 얼룩이 번졌다.

미루어 온 건강진단을 받았다. 다음 날 전화가 왔다. 갑상선 혹이 몇 년 사이 더 커졌고 다른 곳에서도 발견 되었다고 한다. 이른 시일 내로 조직검사를 받으러 오란다. 최근 유난히 피곤하고 목이 아팠다. 내가 만져 봐도 목 부분에서 부은 게 느껴져 걱정하던 중이었다.

식탁에서 썩어가는 감을 본다. 억지로 따오지 않았다면 나무에서 잘 익었을 거다. 내 목에서 자란 혹도 치료시기를 지키지 않은 대가다. 처음 혹이 발견되었을 때 꾸준한 관리치료가 필요하다고 한 것을 잊었다.

사는 일도 덜 익은 감을 따 온 것과 같다. 과욕을 부리면 화를 입고 우매하면 적당한 시기를 놓친다. 내 자리에서 일탈하지 않는 것, 자연의 질서에 맞춰 사는 일이 알면서도 어렵다. 늙어가면서 질병에서 벗어날 수 있다면 얼마나 좋을까. 이러한 생각도 과욕이다.

식탁에 있던 감은 먹지 못하고 버린 지 오래다.

지우편에서 쓴 편지

언니,

비가 내립니다. 옅은 안개에 젖어 소리 없이 내려옵니다. 우산을 쓰고 마냥 걷고 싶은 유혹의 빗줄기입니다. 그러나 커피숍에 혼자 앉아 있습니다. 지금 이 순간은 뜨거운 커피가 좋습니다. 패키지여행에서 잠깐 주어진 자유 시간을 홀로 누리고 싶어 일행과 떨어졌습니다. 모카 맛 커피는 지친 몸과 마음을 녹여줍니다.

여기는 일 년 중 200여 일 비가 온다고 합니다. 햇빛보다 비가 더 익숙한 이곳 사람들과 달리 여행지에서 맞는 비는 불편할 뿐입니다. 골목도 좁고 계단으로 되어 있어 오르내리며 우산끼리 부딪치고 옷이 젖을까 움츠리다 보니 관광을 즐기지 못합니다.

커피숍은 높은 곳에 있습니다. 멀리 바다가 보이는데 비와 안개로 흐릿합니다. 지금 마음을 열어주는 것은 바다보다 빗줄기입니다. 조롱조롱 창가에 앉았다가 미끄러지고 우르르 몰려왔다가 썰물처럼 나갑니다. 방울방울 하나 하나씩 톡 톡 떨어지기도 합니다. 빗줄기만 보고 있어도 재미있습니다. 모양도 각기 다르고 흐르는 움직임도, 소리도 다양합니다.

이곳은 폐광 이후 한적한 시골 마을이었으나 영화 〈비정성시悲情城市〉의 배경이 되고 베니스 국제영화제에서 그랑프리를 수상하면서 명소가 되었다고 합니다. 우리나라에서도 드라마 〈온에어〉 촬영 장소로 유명한데 촬영한 찻집에서는 주인공 사진을 내걸어 홍보하고 있습니다.

기준이가 보입니다. 2층 찻집에 있습니다. 핸드폰으로 사진을 찍으며 계단을 내려오던 영은이는 무심코 건너편 찻집을 올려다 봅니다. 서로 눈빛은 교차하지만, 핸드폰 사진 속에서 자신을 보고 있는 기준의 눈빛을 봅니다. 마주하지 않아도 눈빛의 깊이는 사랑하는 마음을 전달합니다. 왠지 가슴이 울렁입니다. 나도 그들 같은 젊음이, 사랑이 있었을까요? 흐려지는 창을 닦습니다. 비는 그칠 것 같지 않습니다.

엄마 품이 그립던 시절입니다. 우리 집은 누에를 많이 쳤습니다. 잠사도 여러 동이고 일하는 사람도 많았습니다. 누에 치는 한 달 동안 엄마는 너무 바빠서 만날 수 있는 공간은 잠사蠶事입니다. 학교에서 돌아와 엄마를 만나도 눈길은 나보다 누에에 가 있습니다. 잠망蠶網에서 누에를 옮기는 손은 빠르고 거룩했습니다. 가끔은 누에똥들이 머리 위로 쏟아졌습니다. 엄마는 잠깐 쳐다보는 것이 전부입니다. 작고 까만 똥은 씨앗같이 예뻤습니다. 엄마를 기다리다 잠사에서 잠든 아침이면 옷도 얼굴에도 누에똥이 붙어 있었습니다. 똥이지만 더럽지 않았습니다. 누에는 가족이고 우리 생활이었으니까요.

여행지에서 어린 시절 나를 만난 적 있습니다. 몽골에서였습니다. 내가 탄 낙타의 줄을 잡고 사막을 안내한 여자 아이입니다. 낙타 위에서 내려다본 모래는 온통 낙타 똥이었습니다. 밟고 있지 않은데도 더럽다고 생각했습니다. 아이는 맨발입니다. 발가락 사이로 모래와 낙타 똥이 섞여 올라와도 얼굴은 평온했습니다. 순한 낙타 눈을 많이 닮은 아이였습니다. 이다음 아이도 사막을 함께 걷던 낙타의 커다란 눈망울과, 발에 밟히던 까만 똥을 그리워하겠지요.

비가 좋은 이유를 어른이 된 후에 알았습니다. 누에가 뽕잎을 갉아먹는 소리를 눈감고 들으면 빗소리와 같습니다. 막 따온 싱싱한 뽕잎을 먹는 건강한 소리, 수많은 누에가 뽕잎을 먹을 때 잠사蠶事는 빗소리로 가득합니다. 소나기처럼 시원하고 상큼하게 한바탕 쏟아 붓고는 이내 고요해집니다. 배부른 누에들은 하회탈 같은 모습으로 웃습니다.

커피는 엄마도 좋아했습니다. 꼭 커피믹스만 고집하셨지요. 연세 들면서 입맛이 변한 엄마를 당연하게 받아들였습니다. 대중화된 커피의 달콤하고 구수한 맛이 좋았을 거라고 믿었습니다. 삶을 즐길 줄 아는 멋있는 노인이라며 예쁜 커피 잔도 선물했습니다.

그런데 커피믹스 한 잔은 배고픔을 잊게 해주어서 노인들이 즐겨 먹는다는 기사를 읽는 순간 온몸이 얼어붙는 것 같았습니다. 가슴을 맞은 듯 아팠습니다. 엄마의 커피는 어쩌면 허기진 마음과 배를 채우는 음식이었는지도 모릅니다. 평생 농사지으며 홀로 지내셨으니까요. 소리를 듣지 못하는 외로운 마음도 녹이고, 지루한 시간을 견디었을 것입니다.

나이 들어 엄마를 이해했는데 지금 곁에 계시지 않습니다. 왜 못했을까요. 짜증과 화만 내고 눈빛을 오래 바라보지 않았습니다. 지난 시간이 부끄럽습니다. 몸만 어른이었습니다. 엄마가 돌아가신 후에서야 비로소 내가 보입니다.

이젠 일어나야겠습니다. 커피를 마시는 시간이 항상 달콤하고 편안할 수 없듯이, 때로는 엄마도 커피를 마시는 시간이 행복했을 거라고 생각합니다. 입안에 남아 있는 커피 맛이 사라지기 전에 홍등紅燈을 따라 계단을 내려가야겠습니다. 비는 계속 내립니다.

언니, 또 소식 전하겠습니다.

차이의 사이

올빼미는 지혜를 상징한다고 한다. 올빼미 형상을 수집하는 이에게 들은 말이다. 별다른 취미가 없던 나는 지혜라는 말에 끌려 모으기로 했다. 처음에는 여행 가면 눈에 보이는 대로 샀다. 얼마 지나지 않아 대부분 비슷하다는 것을 알았다. 특색과 의미가 있는 것으로 생각을 바꿨다. 독특하거나 재질이 다르면 비싼 값의 올빼미도 취미를 위한 것이기에 기쁜 마음으로 지갑을 열었다. 여행 가방 속에서 올빼미는 내 자존심을 채워주었다. 진열장에 각 나라와 도시의 올빼미가 늘어갔다. 나는 만족했고 바라보면서 흐뭇했다.

제일 좋아하는 올빼미는 〈화요일의 두꺼비〉 동화 속 주인공이다. 한겨울에 두꺼비는 딱정벌레 과자를 만들어 고모한테 갖다 주러 집을 나선다. 몸이 얼지 않기 위해 꽁꽁 감쌌지만 올빼미 눈을 피할 수 없다. 나무 꼭대기 구멍의 집으로 데려온다. 어둡고 퀴퀴한 그곳에서 두꺼비는 벽에 걸린 달력을 본다. 13일 화요일에 동그라미가 그려져 있다. 이유를 묻는 두꺼비에게 자신의 생일이고, 생일 선물로 두꺼비를 잡아먹을 거라 대답한다. 한겨울에 잡은 두꺼비는 가장 특별한 올빼미의 생일 선물이다.

거칠고 퉁명스러운 올빼미, 명랑하고 깔끔한 두꺼비와 일주일 삶을 그린 동화, 올빼미 눈은 노란색이다. 친친 감은 두꺼비를 알아본 것도 등잔불 같은 노란 눈동자였고, 정말 잡아먹을 거냐고 확인하는 두꺼비를 거만하게 노려볼 때도 노란 눈동자는 빛난다. 올빼미를 본 적이 없기에 눈동자의 노란색을 의심하지 않았다.

환경과 생태 강의가 있는 날이다. 식물 이름의 차이는 관찰에 있다. 강아지풀은 개 꼬리처럼 아래로 굽어 있고, 끝이 위로 솟은 것은 솜강아지다. 억새와 갈대의 차이, 우거지와 시래기 차이는 의견이 분분했다. 올빼미와 부엉이 차이를 물었다. 잠깐 적막이 흘렀다. 차이가 뭐지, 술렁였다. 나는 부엉이란 말에 아뜩했다. 새로운 앎은 때로는 불안한 충격이 된다.

차이는 귀에 있다. 부엉이 귀는 깃이 있어 꼿꼿하게 위로 솟았고 올빼미는 귀 모양 깃털이 없어 동그랗다. 눈동자도 부엉이는 모두 노랗지만 올빼미는 검은색도 있다. 우리 집 거실에서 밤마다 노란 눈으로 등불 밝혀주던 올빼미 몇 개는 부엉이로 바뀌었다. 차이의 사이, 그 間을 지혜에 갇혀 우매한 믿음만 키운 셈이 되었다.

그즈음 화성에 있는 용주사로 문학기행을 갔다. 신라 때는 길양사로 창건되었지만 병란으로 소실된 빈터에 정조대왕이 사도세자의 넋을 위로하기 위해 새로 지은 절이다. 가을바람도 좋고 하늘도 맑았다. 아버지를 생각하는 효심으로 지어서인지 효행孝行박물관, 효행孝行문화원이 이채롭다. 홍살문을 지나 삼문으로 들어서서 5층 석탑이 있는 천보루天保樓로 가는 중이라 걸음이 조심스럽다.

나는 일행과 떨어져 종무소로 뛰었다. 올빼미를 찾으니 부엉이만 있다고 한다. 진열된 형상에는 모두 귀 깃이 있다. 눈동자도 노랗다. 왜 부엉이만 있느냐는 질문이 엉뚱한지, 이해되지 않는지 귀찮아하는 눈치다. 답을 얻지 못하고 대웅보전 뒤쪽으로 가니 회양목 곁에 모여 웅성거린다. 문화해설사가 회양목 열매를 터트리자 나누어진 모양이 부엉이다. 뾰족하게 솟은 귀 모양이며 머리 형태도 부엉이와 똑같다. 열매에서 부엉이를 보는 심안이 놀라웠다.

용주사 뒤뜰은 대낮인데도 쌀톨만 한 회양목 열매 부엉이가 손에서 손으로 무수히 날아들었다. 종무소 부엉이가 생각났다. 불교와 어떤 관계가 있나 싶어 알아보니 승가대 교수님이 답을 해주었다. 불교에서 부엉이는 상징성이나 비유로 연결된 것이 없으나 부엉이는 먹이를 물어다가 쌓아두는 습성 때문에 재물을 상징하고 장수의 의미도 있다고 한다.

올빼미인 줄 알고 산 부엉이지만 좋은 의미를 담고 있다 하니 마음이 부드러워졌다. 올빼미에 대해서도 알아보았다. 올빼미는 자기를 길러 준 늙은 어미 눈을 파먹고 둥지에서 떠난다 하여 '불효조'라 불린다고 민속자료에서 밝힌다. 불효조가 부엉이라는 설도 있다. 어둠을 두려워하는 마음이 새의 습성에서 연관성을 찾지 않았을까 하는 것이 내 생각이다.

그러나 오늘날 올빼미는 늦은 밤 안전한 귀가를 도와주는 시민의 발이 되고 있다. 서울시는 밤늦게까지 일하는 사람들 편리를 위해 심야 버스를 운행하는데 '올빼미 버스'로 불린다. 올해는 연말을 맞아 몇 개 노선에 더 투입될 거라는 보도가 나오자 시민들 반응이 찬·반으로 엇갈린다는 얘기다. 서민을 위한 교통 복지가 아닌 일부 연말 모임을 위한 정책이라며 서로 목소리를 높이는 곳에서 올빼미 버스는, 도시의 환한 불빛 속을 노란 눈빛으로 밝히며 시민과 함께 밤을 달린다.

13일 화요일 자신의 생일날 새벽. 두꺼비가 좋아하는 노간주

나무 열매를 구하러 가는 올빼미처럼, 올빼미 버스가 밤을 달려 새벽이 오는 교차점을 지나면 새해는 서서히 솟아오를 것이다. 지난 시간 사이에 놓친 것은 없는지 돌아보는 세밑이다.

영화, 파리 가는 길

창문을 열어놓았더니 낯선 새소리를 자주 듣게 된다. 내지르듯 높은 소리가 반복되는데 단음이다. 괴성에 가깝다. 나가보니 에어컨 실외기에 새 한 마리가 앉았다. 창문을 열어놓았기에 가까이서 본다. 처음 보는 새다.

참새인가 살펴보니 잿빛이고 내 손 한 뼘 정도 크기다. 긴 직선의 부리는 몸과 조화를 이루지 못해 우스꽝스럽다. 내가 가까이 있는데도 목청껏 소리를 지른다. 괴이한 소리인데 들을수록 끌린다. 이름을 알 수 없어서 소리와 비슷한 '빽'이라 짓고 바라본다.

나만 부를 수 있는 이름을 지으니 소리도 생김새도 예쁘지 않지만 기다려지는 새가 되었다. 실외기에 곡식을 다복이 놓았다. 며칠이 지나도 곡식은 그대로이고 소리는 가까이서 들린다. 내가 기다리는 새일 거라고 믿는다. 그래야 듣는 마음이 기쁘다.

높고 둔탁한 소리도 익숙해졌다. 다른 새소리 속에 '빽' 소리에 귀 기울여보면 무언가 할 말이 많은가 보다. 내 소리를 들어봐, 소리치는 듯하고 나 여기 있어, 존재를 알리는 것 같다. 억울하고 속상한 일이 있는 것처럼 가슴속을 다 드러내듯 토해낸다.

사이사이 익숙한 새소리가 들린다. 맑고 깨끗하여 기분이 좋아진다. 새의 행복한 시간처럼 나도 행복하다. 그런 날 빽, 빽 우는 시끄러운 소리는 마음속에서 조금씩 밀어낸다.

여름이 깊어가면서 매미 소리도 한창이다. 짧은 생 절정의 소리다. 우연히 한살이를 다한 매미가 떨어지는 것을 보았다. 허공에서 빙글빙글 돌며 나직한 날갯짓 소리를 내더니 일순간 떨어진다. 생의 육신을 내려놓을 때 가벼워지는 것은 사람과 똑같다. 마지막을 지켜보는 시선의 무게가 다를 뿐이다.

우는 매미는 청춘이다. 치열한 경쟁의 소리다. 그래서 우렁차다. 매미 소리를 나는 응원한다. 하루살이는 입이 없다. 사는 동안 먹지 못하고 종족만 번식시킨다. 매미보다 더 짧은 한살이지만 애틋한 건 매미다. 소리 때문이다. 그러나 항상 좋은 건 아니다. 여러 날 불면으로 지친 밤, 매미가 떼 지어 운다. 낮에는 상큼하게 들렸는데 몸이 지친 밤에 듣는 소리는 괴롭다. 외면하려고 할수록 더 크게 와 닿는다.

집안에는 귀뚜라미가 산다. 어떻게 들어왔는지 베란다에 터를 잡았다. 환경 때문일까, 여러 날 조용히 있을 때도 있고 한번 울기 시작하면 쉬지 않고 운다. 마음 같아서는 풀숲으로 보내주고 싶은데 보여주지 않는다. 혼자 우는 소리에 듣는 나도 외로워진다. 자연의 소리는 뇌를 활발히 움직이게 하고 집중력에 도움을 준다고 한다. 그러나 도시 환경에 변화하는 자연의 소리는 소음이다. 매미 소리는 여전히 높다.

영화 〈파리로 가는 길〉은 중년 여인의 심리를 잘 보여준다. 갑작스러운 이명耳鳴으로 남편과 함께 가려던 비행기를 타지 못하게 되면서 이야기는 시작된다. 남편의 오랜 동업자인 프랑스 남자는 자신의 승용차로 데려다 주겠다고 하여 둘은 자연스럽게 칸에서 파리로 출발한다.

살아온 환경과 지향하는 것이 다른 둘은 고장 잦은 오래된 승용차처럼 순간순간 감정이 흔들린다. 요리에 관심 있고 먹을 것을 좋아하는 남자는 자기 생각대로 행동하고 뻔뻔스럽기까지 하지만 로맨틱한 감정에 이끌리며 승용차는 달린다.

여인의 취미는 사진 찍는 일이다. 무관심한 남편과 달리 섬세하고 그녀 취미를 존중해주는 그를 카메라에 담는다. 그리고 잠시, 찍은 사진을 지우다가 마지막 남은 한 장에서 호흡을 멈춘다.

파리로 가는 여정은 서로의 경계가 예민하게 부딪쳐서 불안하기도 하고, 예기치 않은 곳에서 낭만을 즐기는 감정 기복이 심해서 생각의 틈을 주지 않는다. 여인의 시선이 남자에게만 머물 무렵 남자는 카메라 사진 속에서 자신을 본다. 남녀는 한 장 사진을 사이에 두고 흔들린다.

한 번쯤은 가족의 굴레를 벗고 나를 찾고 싶을 때가 있다. 현실을 이탈하고 싶은 무더운 날, 마음이 통하는 영화 한 편은 자연의 소리보다 마음을 시원하게 씻어준다. 꿈을 꾸고 있는가, 진짜 행복한가, 남자 물음에 내가 대답해야만 할 것 같은 혼란한 감정도 짜릿하다.

시인 J 님은 만물을 성장시키는 것은 빛이 아니라 그늘이라고 말한다. 그늘은 빛의 차단인 어둠이 아니라 休이기에 성장을 돕는다는 것이다. 우리는 수많은 양면 속에 살고 행동한다. 짝이 되기도 하고 나누어지는 양면과 함께 가는 길이 중용中庸이다. 나는 속인이라서 갈피를 잡지 못하고 매일매일 흔들린다.

다시 일기쓰기

선물로 받은 'Q & A a day'는 일기에 대한 생각을 바꾸어 놓았다. 표지에 적힌 글을 그대로 옮겨본다. 하루에 질문 하나를 5년 동안 답을 적는다. 첫 장부터 쓰지 않아도 되며 시작한 달과 날짜에 있는 질문에 답하면 된다. 해가 바뀌어도 똑같은 질문을 받게 되고 5년을 답하면 1,825개가 된다.

생각하기에 따라서 일기인가? 싶기도 하고 반복되는 질문이 지루할 것 같지만 지난해와 생각의 차이를 알아보는 일은 흥미롭다. 변화되는 것에는 똑같다고 느낄 뿐 서로 다름이 있다.

유럽에서는 초판 발행 이후 선풍적 인기를 얻고 있다고 한다. 관심 두고 있던 딸이 우리나라에도 판매되자 먼저 시작하고 사주었는데 부담되는 선물이었다.

지금까지 일기를 수없이 써왔지만 끈기 있게 쓴 적 없다. 의욕에 넘쳐 시작하고는 단거리 계주처럼 빨리 끝났다. 일기가 아닌 감성에만 치우쳐 쓰다가 한계에 부딪치고 지쳤다.

여행 중에 파리 니스 해변가 근처 문구점에서 독특한 디자인 노트를 샀다. 추억이 있으면 꾸준히 쓸 거라고 생각했다. 첫 장도 못썼다. 한지로 묶어 만든 일기장은 종이 냄새가 좋아서, 귀품 있는 보라색 표지 일기장도 오래 쓰지 못했다. 하루 이틀 쓰지 않는 날이 많아지면서 의무 같은 압박감에서 벗어나고 싶었다.

일기장은 그 해 내가 담겨 있다. 채우지 못한 빈 곳은 추억과 상처와 고민과 행복한 시간이 함께 공존한다. 쓰지 못하는 내 안의 고백, 쓸 수 없어 망설인 시간부터 일기는 멈췄다.

'Q & A a day'는 무엇을 쓸까, 고민하지 않아도 된다. 쓰기 분량도 없다. 주변에서 겪은 관계의 솔직함이나 자성을 강요하지 않는다. 쓰고 싶지 않으면 여백으로 두어도 괜찮다. 일기는 시작과 끝이 없는 수평이라면, 지금 쓰는 것은 원이다. 원圓은 역동성 있다.

그래서 지루하지 않다. 오늘은 어떤 질문을 받을까 설레기도 한다. 가끔은 지친 마음을 위로해 주는 질문에 감동 받고, 감성을 깨우는 질문을 접하면 무디어져 가는 나를 돌아보는 계기가 된다. 가볍게 생각하는 질문이 있는가 하면 오래 고민하는 경우도 있다.

'집이란 무엇이라고 생각하는가?' 질문에 선뜻 쓰지 못했다. 한참 앉아 있었다.

이재에 밝지 못하여 집을 부동산으로 생각해 본 적 없다. 평수가 넓거나 새 집에 욕심 부리지 않았다. 집은 삶의 냄새가 나고 온기가 있으면 되었다. 방과 후 학교 강사라서 오후에 출근하는 나는 오전은 오롯한 내 시간이다. 커피 마시고 음악 듣는 취미 공간이며 책 보고 수업 준비하는 쉼터다. 전망도 좋아서 우암산에서 달이 차오르는 것을 볼 수 있고 '루프탑'이다.

취준생 아들이 집에 들어오면서 생활리듬이 바뀌었다. 밤과 낮이 바뀐 그 애로 오전 시간이 사라졌다. 숙면에 방해될까 봐 소리가 나는 행동은 가급적 피했다. 출근을 서두르면서도 밥해야 하고 반찬도 은근히 신경 쓰인다. 자식이라도 성인 아들은 어렵다. 더군다나 대학 입학 이후 떨어져 살던 기간이 길어서 낯설고 이해 못하는 부분에서 부딪치는 일이 많다. 은근히 스트레스가 되었다.

그즈음 류시화 시인의 ≪새는 날아가면서 뒤를 돌아보지 않는다≫를 읽고 감동한 생각을 정리하고 있었다. 읽고 나면 금세 잊어버리기 때문에 독후노트는 긴요하게 쓰인다.

첫 장에서 읽은 〈퀘렌시아〉는 달콤한 충격이었다. 스페인어로 안식처를 일컫는데 투우사와 싸우다 지친 소가 잠시 쉬는 장소를 〈퀘렌시아〉라 부른다. 사람에게 보이지 않는 그곳은 소가 숨을 고르며 힘을 모은다고 한다. 책을 읽는데 퀘렌시아에서 거친 숨소리를 내뿜는 소리가 들리는 듯했다. 피할 수 없는 현실과 뒤로 물러서지 못하는 운명을 견뎌내야 하는 외마디 소리는 내면의 나였다.

내 집에서 소의 안식처 같은 퀘렌시아를 꿈꾼다. 하루의 삶도 경기장이다. 보이지 않는 관계 속에서 경쟁해야 하고, 다수 의견에 흡입되지 못하는 내 소리의 나약함을 견뎌야 한다. 퀘렌시아는 쉴 때 공간이 빛나고 집은 머물면서 안락해야 한다.

일기를 다시 펼쳤다. 생각이 정리되었다. 올해 쓴 내 생각이 내년, 그다음 해는 어떤 변화가 있을지 기다려진다. 5년의 일기는 멈추지 않을 것 같다. 기분 좋은 출발이다.

산길에서

이른 아침 운동하려고 나오니 눈이 쌓였다. 13층 우리 집에서는 눈이 어느 정도 내렸는지 알아보기 어렵다. 또 급한 마음에 서둘러서 창밖을 볼 여유가 없었다. 모처럼 마음먹고 운동하려 했는데 눈 때문에 걸음이 무겁다. 밟아보았다. 발등에 잠길 듯하다. 이 정도쯤이야, 새해 계획을 미룰 수 없어 옷깃을 세웠다. 바람도 차지 않아 걷기 좋다.

눈 쌓인 자목련 나무가 새롭다. 미끄럼 타듯 내려온 눈이 나뭇가지 사이에 모였다. 운동하려던 것을 잊고 나무 곁에서 한참을 바라보는데 여기저기서 봐달라고 소리치는 듯하다.

지난가을 맛있는 홍시를 먹게 해준 감나무도 만져보고, 은행나무는 흔들어보고, 키 작은 모과나무 눈은 쓸어주었다. 차가운

눈의 촉감이 정신을 맑게 한다. 영산홍도 보고 소복하게 눈 덮고 있는 잔디도 살피면서 산으로 가는 시간이 즐겁다.

도서관을 품고 있는 산은 눈 때문에 가깝게 느껴진다. 산에 가려면 계단으로 올라가야 한다. 가파르고 손잡이도 없어 눈 온 날은 위험하다. 갈등이 생긴다. 오늘은 밖으로 나온 것으로 만족하고 들어갈까. 출근을 서두르는 사람들 발걸음 소리에 묻힌 내 걸음은 방향 없다.

간판 불빛이 희미한 슈퍼 앞에서 망설이고, 들기름 짠 냄새가 아직도 남아있는 방앗간에서도 서성였다. 오토바이가 지나고 마주 오는 사람과 엉거주춤 피하는 동안 오랫동안 잊었던 눈 밟는 소리를 들었다. 나를 따라오는 소리, 뒤를 돌아보니 소리는 사라지고 발자국만 선명하다. 둥글고 하얀 발자국은 내 걸음을 재촉이라도 하듯 가까이 따라온다.

산 입구까지 왔다. 눈을 깨끗이 쓸어 놓았다. 한 계단 한 계단 오르는데 가슴이 훈훈해진다. 적당히 쌓인 눈도 반갑고, 이웃을 생각하며 눈을 쓸어준 사람도 고맙다. 내 집 가까이 있는 산도 소중하다.

산길은 발자국으로 길이 났다. 많은 사람이 다녀가지는 않았다. 사잇길로 가면 숫눈길이다. 어떤 길로 갈까, 갈림길에서 마음이 멈췄다. 장자는 '길은 사람들이 다님으로써 생긴 것이다'라고 했다. 그러나 지금은 사람들이 길을 찾아다닌다. 걷기 위해 길이 생겨나고, 인기를 얻어 관광수입이 되기도 한다.

나는 걷는 것을 좋아한다. 내 인생 계획 중 하나는 제주 올레길 완주다. 해마다 몇 코스씩 걷고 있는데 꾸준히 이어진다면 목표를 이룰 수 있다.

오월이었다. 가파도 올레길을 시작으로 서귀포시 올레길을 걸었다. 기분 좋게 시작한 첫날과는 달리 이튿날은 물집이 생겨 걸음이 조금씩 느려졌다. 숙소 도착 전에 해가 기울었다. 띄엄띄엄 만나던 사람들도 없고 해무만 어둠을 재촉하며 활발히 움직였다.

멀리 가로등도 희미했다. 이대로 안개에 갇힐 것 같은 불안함이 더할수록 발의 힘은 풀리고 불빛은 멀기만 했다. 산을 돌아 내리막길로 접어들었다.

밭으로 들어가는 좁은 길이다. 한쪽은 감자밭이고 다른 쪽은 배추를 심었다. 한창 피기 시작한 하얀 감자꽃이 안개 속에서 묘연하게 속삭였다. 토실한 배추도 넉넉한 품으로 지친 나를 안아주었다. 흙길이지만 초원을 걷는 듯 행복했고 편안했다. 하루 피로가 순식간에 사라졌다. 저절로 흥이 나왔다. 진도 아리랑을 불렀다. 지금 기분과 오늘 보고 느낀 것들을 개사하여 부르는 내내 으쓱거렸던 어색한 춤사위는 어둠이 있었기에 가능했다. 관객도 없는 밭길에서 즐기던 노래와 춤은 생애 첫 번째 무대였다.

남편과 대화가 궁할 때 그날 일을 떠올리면 삭막했던 거리가 좁아지고 감정이 되살아난다. 마치 길을 걷고 있는 착각이 든다. 보리수나무가 무성한 산길의 훈훈한 바람, 공동묘지를 지날 때 오싹한 기운, 귤과수원 집에서 술잔을 기울이며 이야기를 나눴던 사람들, 길이 아니면 만날 수 없었던 소중한 인연이다.

길은 추억을 떠올리게 한다. 맨발로 걷던 해순 해수욕장 파도 소리. 발바닥에 물집이 터져 쓰리고 아리던 통증, 지팡이에 의존하면서도 포기하지 않은 것은 마음의 비듬 털듯 버거운 생각을 버리고 나면 한결 가벼워지는 나를 보게 된다. 별것도 아닌 것에 집착하고 어울리지 않은 것으로 치장하고 있었음도 안다. 내 몸이 아프고 힘들수록 말은 줄어들고 말로 상처를 주고 잃은 것들을 다시금 생각하게 한다.

걷는 동안 포기하고 싶던 순간이 많았다. 그러나 갈등은 새로운 용기를 주었다. 눈 쌓인 산길에서 생각한다. 어떤 길을 선택할까. 산은 고요하고 나를 보는 이는 아무도 없다.

돌은 돌을 빛나게 한다

태백 석탄박물관 지질관은 온통 돌이다. 돌이라는 것을 알면서도 아름다움에 놀라고 빛이 황홀해서 마음도 눈부시다. 지질시대를 알 수 있는 암석·광물·화석을 시대별 및 성인별로 전시하여 지질의 구조와 역사를 쉽게 이해할 수 있는 공간이다. 설명문을 읽고 이해하는 건 그 후의 일이고, 눈과 마음은 예쁘고 신기한 돌에 빠져든다. 사진 촬영이 금지된 것이 다행이다. 보랏빛 수정, 눈에 다 담을 수 없는 크기의 다이아몬드, 초록 눈 에메랄드…. 보석 광물의 오묘한 빛은 사진으로 담아낼 수 없는 빛이 있다. 그 숨과 만남은 떨리고 긴장된다.

'호박 속의 모기'는 신생대 화석으로 현미경으로 본다. 건드리면 날아오를 것 같은 모기를 보려고 긴 줄이 섰다. 내 몸에 붙으면 기겁하지만 시·공간을 넘은 모기는 중생대 공룡 알보다 인기가 높다.

기품 있는 암석은 의젓한 사람을 보는 듯하다. 현란하지도 않다. 생물의 색은 움직이는 변화가 있다면, 암석은 안으로 모아두었다가 뿜어내는 힘이 느껴진다.

제2전시실부터는 석탄과 관련되었다. 석탄의 생성, 채굴 및 광산생활관을 보고 체험갱도관이 있는 지하로 들어간다. 채탄 모습과 갱내 작업 광경을 현장감 있게 느낄 수 있다기에 엘리베이터를 탔다. 그리고 잠시 갱이 무너지는 굉음과 함께 엘리베이터가 흔들렸다. 순간이었지만 공포의 전율은 온몸이 아팠다. 위험하고 힘든 석탄 산업도 수입 석탄에 밀려 폐광된다고 한다. 무거운 마음으로 밖을 나오니 저녁 그늘이 짙다. 석탄과 광부들의 고단한 삶이 그늘이 겹쳐졌다.

석탄박물관에 오기 전 '바람의 언덕'을 갔다. 아직 배추를 심지 않아 밭둑길로 올랐다. 거센 바람에 승용차가 흔들렸다. 굽이굽이 돌 때마다 밭도 함께 흔들리는 듯했다. 모든 밭은 돌뿐이다. 잘못 보았나 싶어 자세히 보고 또 살펴도 돌만 보인다. 그래서일까, 바람이 드센데도 흙이 날아오지 않는다. 돌 사이로 흩어지는 바람, 뭉친 돌로 몰려드는 바람 소리, 돌을 헤집는 기운찬 소리, 모두를 날릴 듯 바람은 모질고, 돌은 고요하다.

돌은 돌을 빛나게 한다. 작고 예쁘지도 않은 것들이 서로 엉키고 함께 붙들며 바람과 맞선다. 어제도 그랬고 그 이전도 바람은 오늘처럼 모질게 흔들었을 것이고 '바람의 언덕' 주인답게 자리를 지킨 돌이다.

바람에는 조금의 틈도 내주지 않는 돌이지만 배추는 사이를 넓혀주고 기운을 돋아주고, 외강내유로 키웠을 것이다. 정리가 잘된 석탄박물관 진열장 돌보다 바람의 언덕 돌이 더 아름다운 것은 돌에서 생명을 키우는 마음을 보았기 때문이다. 생각한다. 이후 고랭지 배춧값이 폭등해도 불평하지 않을 것이며 돌에서 생명을 키운 농부의 정성처럼 배추를 귀하게 여길 것이다. 머지않아 초록 물결이 일렁이는 배추밭을 상상한다.

여러 나라에서 주워온 우리 집 돌은 애장품이다. 돌을 보면 내 성격과 취향이 보인다. 모양이며 크기, 색깔이 비슷비슷하다. 돌 하나만 보면 개성 있고 돋보이는데 돌과 섞이면 별반 다르지 않다. 고만고만한 것들이 무너진 성벽처럼 쌓였다.

내 말은 들은 친구가 수필가 B 선생님은 돌에 날짜와 장소를 써놓는다고 한다. 덕분에 몇 개 돌은 이름을 가졌다. 장소를 기억하는 돌 중 하나는 후지산 화산석으로 울퉁불퉁하고 검다. 후지산 가는 길 가로수는 무궁화다. 8월 무궁화 꽃은 절정이었다. 애국가 한 소절이 절로 나왔다. 무력으로 짓밟고 강제로 끌고 간 그 날처럼 돌이 내 것인 양 가방에 넣었다. 그리고 바로 그 자리에 놓았다. 화산석은 제 자리에 있을 때 돌로 빛난다. 우리 집 모형 화산석은 후지산 바람도 역사도 담고 있지 않다. 내가 본 무궁화 꽃빛깔만 스며있다. 그래서 돌을 보면 8월이 더 뜨거워진다.

흙도 오랫동안 비와 바람으로 뭉쳐지면 돌처럼 단단해진다. 흙이지만 부서지지 않고 돌처럼 단단하지만 흙이다. 차마고도 여행지에서 주워와 화분 곁에 두었다. 녹색의 돌은 물이 닿으면 투명해진다. 화분에 물주는 날, 반짝이는 茶빛은 영롱하고 오묘하다. 아무도 닿지 않은 자연의 빛, 돌에서 태고의 빛과 소리를 듣는다.

돌은 바라보는 마음에 따라 변모한다. 윤선도는 벗으로 노래했고 나는 추억이 있어 아낀다. 태백의 돌은 생명을 키우는 어머니고 보석이 되기도 한다. 그러나 잘못 잡으면 무기가 될 수도 있다. 돌의 마음을 헤아리는 일, 좋은 생각으로 바라보는 시선, 산등성이 돌같이 서로를 빛나게 하는 삶, 생각이 깊어지는 내 마음으로 바람의 언덕 거센 바람이 불어온다.

빨래 개는 저녁

햇볕에 잘 마른 빨래는 단단하다. 날카롭기도 하다. 끝이 뾰족한 풀이 살갗에 닿을 때처럼 톡톡 쏜다. 쉬고 싶고 지친 저녁, 옷감 사이사이에 숨었던 촉들이 일어선다.

일의 시작과 끝이 확연히 다른 것 중 하나가 빨래다. 몸을 보호해 주고 품위를 지켜 주던 옷이 구겨진 종잇장처럼 세탁 바구니 안에 들어가는 순간, 냄새나고 얼룩진 빨랫감이 된다. 그리고 거대한 회오리 같은 물살을 세탁기 안에서 견디고 세제 냄새를 맡으며 가지고 있던 것들을 털어내는 동안 나는, 커피를 마시고 음악을 듣고 책을 읽는다.

내가 한 일이란 탈수된 빨래를 털어 널어준 것뿐인데 탱탱하게 당겨오는 볕의 기운을 혼자 즐긴다. 때로는 다른 극이 되어 밀어내고 같은 극이 되어 잡아당겨 오는 동안 꼿꼿했던 침針은 순해지고 어제와 같은 산뜻한 옷이 된다.

각기 주인과 용도에 맞게 분류하고 나니 옷 하나가 남았다. 겨드랑이는 찌든 얼룩이 그대로 있고 목은 눈에 띄게 늘어졌다. 등 가운데 장식용 모자는 핑크빛이다. 아사 레이스로 멋을 낸 모자 가장자리는 올이 풀어져서 잘못하면 전체가 풀릴 만큼 불안하다.

자주 입지 않았는데 언제 때가 묻었을까, 더께를 볼 때마다 다시 쳐다보던 옷이다. 봄과 가을쯤이다. 보일러를 틀지 않아도 견딜만하지만 움직이지 않으면 추웠다. 그래서 난방비를 아끼려고 입힌 자주색 줄무늬 옷은 내가 좋아했다. 자줏빛은 매혹적인 멋을 주었다. 어디에 있든 눈에 띄어 찾기도 쉬웠다. 감촉도 부드러워 털에서 느끼지 못한 따스함이 기분 좋았다.

같은 옷인데도 주인 없는 옷은 온기가 없다. 부드럽게 전해오던 전율도 느낄 수 없다. 낡고 지저분한 것만 보인다. 깨끗이 빨았는데도 다시 빨아야 할 것 같아 손에서 놓지 못하고 망설인다.

또 다른 옷과 용품을 보관하던 공간은 비어 있다. 화장하고 반려견 납골당에 놓고 와서 빠르게 버렸다. 보이지 않으면 생각이 덜 날 것 같았다. 그러나 오랜 시간 함께 해온 흔적은 쉽게 사라지지 않았다. 구석구석에서 쓰던 것들이 나왔고 그리운 냄새는 숨이 멎는 것처럼 아팠다.

지금 옷은 납골당에 있을 때 함께 두었던 옷이다. 봄날 흙으로 보내고 마지막 남은 한 개 옷을 빨고 또 빨았다. 다시는 입지 못하는 옷, 그래서 체취를 느낄 수 없는 옷을 빨다보면 어디쯤 작은 털 하나 끼어져 있지 않을까, 쳐다보고 살피며 찾았다.

자식을 먼저 보낸 어미는 가슴을 에는 통한을 가슴에 묻는다. 어미 마음보다 조선법도가 먼저인지라 울지도 못하고 아들을 보낸다. 그리고 어느 날 빨랫거리를 챙기던 어미는 아들이 입던 흰 와이셔츠를 본다. 보고픈 아들의 체취가 묻은 옷. 아들을 품에 안듯 목 놓아 서러움을 토해낸다.

영화 〈동주〉의 어머니다. 이별 후 통곡의 소리는 다시 만날 수 없는 어제로 흐른다. 그래서 안타깝고 처연하고 저리다. 입지 못하는 옷은 피멍이 되어 어미 가슴으로 들어온다. 떠나보낸 사람은 그리움의 색을 안다. 옷에서도 지난 세월의 색이 있다.

사노 요코가 쓴 ≪죽는 게 뭐냐고≫는 '내가 사랑하는 사람은 모두 죽은 사람이다'로 시작한다. 그녀는 2년 시한부라는 암 선고를 받고부터 삶을 정리하듯 글을 쓴다.

제목에서 주는 이미지는 어둡고 쓸쓸하고 침울하지 않을까, 때로는 파괴나 울부짖는 몸부림으로 우울하게 하지 않을까 했는데, 연둣빛 나뭇잎 위로 햇살이 쏟아지는 달콤한 오후 같다.

하루는 쩨쩨하고 인색한 친구가 프라다 스웨터를 달라고 한다. 친구는 그녀가 겨울까지 살지 못할 거라는 것을 알고 하는 말이다. 겨울까지 살 수도 있잖아, 반문하면서도 화가 나지 않는다. 오히려 지나치게 정직함을 보면서 그동안 친구의 쩨쩨함과 욕심에 꽁해 있던 마음에서 해방되는 기분을 느낀다. 그녀는 가진 것이 무엇이든 다 주고나면 그 가벼움이 마치 성불이라도 한 것 같다고 덧붙인다.

책을 덮으며 생각했다. 친구가 쩨쩨하고 인색했기에 그녀의 옷은 살아 있고, 쩨쩨하고 인색하니까 오래 간직할 것이고, 쩨쩨하고 인색하여 그녀를 잊는 마음이 조금씩 희미해져 갈 것이다.

나이가 들면서 그리움만 깊어간다. 한때 옛 추억만 쓰는 지인에게 소재에 대해 핀잔을 준 적이 있는데 지금은 내가 그 소리를 듣는다. "떠난 것은 모두 좋은 추억으로 남는다." 사노 요코 말을 위로받으며 자줏빛 줄무늬 옷을 포장했다. 서랍 속에서 얼마큼의 시간이 흐를지 모른다. 기억 하나 봉인하는 빨래를 정리하니 저녁이 깊었다.

네가 준 말

내 오랜 기억을 따라가면 맑게 빛나는 하루에 멈춘다. 크리스를 처음 만난 날이다. 온몸이 까맣고 발등만 갈색인데 털갈이를 하면서 갈색이 된다고 한다. 약해서 오래 살지 못할 거라는 수의사 말에도 맑은 눈빛을 거부할 수 없어 입양했다. 크리스마스 전날이다. 그래서 이름이 '크리스'다. 암컷, 몸무게 500g, 생후 2개월 반, 요크셔테리어. 이슬처럼 가볍고 흑진주 같은 눈은 고혹적이었다. 무엇보다 예뻤다.

소설가 아나톨 프랑스는

"한 동물을 사랑하기 전까지 우리 영혼의 일부는 잠든 채로 있다."고 했다. 공감하는 말이다. 크리스와 함께하는 동안 내 삶은 새롭게 깨어났다.

강아지를 키우고 싶다며 떼쓰던 아이들은 대학입학 후 내 곁을 떠났다. 그 빈자리에 크리스가 들어왔다. 허전한 마음을 부드러운 털로 감싸주었고 빈집을 지키며 기다려주었다. 우리는 서로 필요했다. 나는 대화가 없는 남편보다 그 애가 좋았고 크리스는 밥과 목욕, 산책과 놀이까지 내게서 얻었다.

우리는 커피타임을 즐겼다. 원두를 갈고 커피 추출할 때면 귀를 세우며 꼬리를 힘차게 흔들었다. 커피 냄새가 짙어질수록 내 다리를 긁고 소리 높여 짖는 행동도 격해졌다. 커피 냄새 때문이라고 생각했다. 커피는 줄 수 없어서 간식을 주었다. 그렇게 내 커피 타임은 그 애 간식 타임이 되었다. 우리는 마주보며 서로 필요한 것을 먹으며 교감을 나누었다.

커피뿐 아니라 과일을 먹는다든지 채소 씻을 때면 짖는 소리가 날카로웠다. 큰 소리가 이웃에 방해될까봐 조금 나눠 주었다. 아삭아삭 사과 먹는 소리는 입안에 단맛이 고일 정도로 맛있게 씹었다. 배춧잎 씹는 소리며 당근 먹을 때 둔탁한 저음은 듣고만 있어도 행복했다.

분별없는 과잉 애정의 결과는 몸으로 왔다. 소변보는 양이 적고 자주 누어 병원에 갔다. 신장이 많이 안 좋다고 한다. 노견이라 회복은 어려우니 처방용 사료만 먹이라고 했다.

아침이면 커피를 마시고 싶었고 사과 맛이 입안에 고였다. 먹고 싶은데 혼자 먹기가 미안해서 망설이기를 여러 날, 커피를 마셨고 아주 조금 간식을 주었다. 씹는 소리는 약해졌으나 눈빛은 여전히 빛났다. 의사 선생님 처방보다 지금 행복이 소중했다.

몇 해 겨울이 지났다. 반려견은 늙어도 강아지다. 배부터 시작된 검버섯이 등과 얼굴까지 번지는 동안 뒷다리 슬개골이 빠졌다. 높은 곳을 오르내리지 못했다. 등도 굽어서 노인 허리처럼 되었다. 낮잠을 오래 자고 인기척에도 반응이 느리다. 나이로 보면 고령이다. 그래도 부를 때는 강아지다.

약한 모습 앞에서 눈길은 순해진다. 그 애가 배를 보이는 것은 긁어 달라는 몸짓이다. 배부터 목 주위까지 간질이듯 긁어주는 것을 제일 좋아했다. 언제부터인가 배를 보이며 눕지도 못하고 짖지도 않는다. 한쪽 눈의 눈꺼풀도 처졌다. 뒷다리를 구부리고 앉지 못해 소변도 다리로 흘리며 눈다. 치석이 녹아 흐르고 냄새도 나기 시작했다.

그 애가 떠날 것 같았다. 지금까지 이별을 생각해 본 적은 없기에 준비하는 시간은 서툴고 두려웠다. 먼저 가족사진을 찍었다. 마지막 모습을 추억으로 남기고 싶었다. 몸이 아파 씻지 못해 냄새 나고, 흐른 치석은 털과 함께 엉겨 붙었다. 한쪽 눈은 거의 감겼다. 옷을 갈아입히려고 벗기는데 배가 움푹 꺼졌다. 털 위로 뼈가 드러났다. 부드러운 털의 감촉도 없고 통통한 살의 힘도 느낄 수 없었다. 마른 나뭇가지처럼 뻣뻣한 몸은 날숨의 내 숨소리보다 가벼웠다.

미안하고 슬프고 아팠지만 우리 가족은 품에 안고 웃었다. 웃는 마음을 그 애도 알았나보다. 가족사진을 보니 혀를 살짝 내밀었다. 기분 좋을 때 하는 행동이다. 표정도 살아있다. 우리 가족도 밝고 행복해 보였다. 사진은 마음을 속이지 못한다. 서로 좋은 시간이었다는 걸 느낄 수 있는데도 사진을 볼 때마다 뭉클하다.

보고픈 날 그 애가 나에게 준 말로 속삭인다. "사랑해" "고마워" "예뻐" "행복해" "좋아" 가족에게도 듣지 못했고, 하지 못했던 말을 크리스에게 배우고 말했다. 서로 교감하면 언어가 필요없음을 알게 해 주었고 상대를 이해하려는 마음과 기다리는 여유도 갖게 해주었다. 그 애가 내게 준 말, 최고의 선물이다.

사랑은 돌아온다

인도를 가기 위해 인도 국적 비행기를 탔다. 의자 등받이 커버에 타지마할 사진이 있다. 천에 새긴 사진인데도 아름다운 위용이 시선을 끈다. 인도까지 가는 동안 타지마할은 내 등 뒤에서 긴 잠을 재워주었다.

타지마할에 갔다. 노을빛이 타지마할을 태우듯 쏟아졌다. 건물을 마주하고 앉았는데 이유 없이 눈물이 나왔다. 무덤인데 화려하고 아름답고 황홀했다.

인도 무굴 제국의 샤 자한은 사랑하는 왕비 뭄타즈 마할이 열넷째 아이를 낳다가 세상을 떠나자 그녀를 기리기 위해 크고 화려한 무덤을 짓는다. 자신의 권력과 사랑을 과시하기 위해 당대 최고의 예술가들과 수천 명의 기술자, 노예 20만 명이 동원된다. 코끼리 수천 마리까지 동원하여 수도 아그라의 남쪽 자무나 강가에서 공사를 시작한다.

22년간 정과 망치를 잡은 손들의 피와 땀을 빼앗았다. 돌을 다듬는 소리보다 채찍질 소리가 커질수록 원성은 높았지만 눈먼 사랑은 귀머거리가 된다. 권력은 약한 자를 누르는 힘이고 위협적인 존재였다. 그러나 영원할 것 같은 권력은 무너지고, 세월이 흐른 뒤 그곳은 사랑하는 여인과 그의 묘가 된다.

건물은 웅장하고 아름답다. 상앗빛 대리석은 우아하고 기품 있는 여인의 몸 같다. 벽에 새긴 꽃과 코란 또한 금방 핀 꽃처럼 생기가 돌고 소박하지만 단아하다.

오래 지켜보며 아껴주고 싶은 연인처럼 바라보고 있는 것만으로도 행복하다. 달이 뜨면 더 신비롭다고 하여 기다리는데 가슴이 조여든다. 달과 여인 그리고 사랑의 언어는 시공간을 자유롭게 넘나들며 속삭인다. 달은 고요하고 빛은 흘러 타지마할을 감싸는데 샤 자한이 팔 벌려 여인을 안은 듯 따뜻한 기운이 감돈다. 달빛 그늘이 맞은편 성으로 흐른다.

샤 자한이 건축한 붉은 색, 아그라성이다. 왕위 계승을 위한 권력다툼이 생기고 국력을 낭비했다는 이유로 아들 아우랑제브에 의해 감금된다. 아그라성 작은 창문으로 맞은편 타지마할이 보인다. 그곳에서 샤 자한은 사랑하는 여인이 묻힌 곳을 바라보면서 생을 마감한다. 자유롭지 못한 몸으로 창문 크기만큼만 볼 수 있는 샤 자한 마음은 고고하고 처연했을 것이다.

욕망과 무력의 붉은 빛 아그라성, 잡을 수 없는 허공의 달, 그리고 여인 살결 같은 타지마할. 바라볼수록 숨이 막히고 감정의 늪으로 빠져든다.

그러면서 생각한다, 영원히 행복한 여인이라고. 자신이 죽은 후에도 변하지 않는 남자의 사랑과, 증표로 얻은 건물에 관광객이 끊이지 않는 성 주인이 되었다. 아주 오랜 옛날 원성과 증오는 바람으로 흩어지고, 바람은 세월을 넘어와 샤 자한과 둘째 왕비의 사랑 이야기를 들려준다. 영원한 권력은 갖지 못했지만 그의 사랑은 영원히 타지마할로 남았다. 세월이 지난 후 눈먼 사랑이 주는 선물을 지금 내가 받은 기분으로 설렌다.

사랑 이야기는 슬플수록 아름답고 이루어질 수 없을 때 빛난다. 왕비를 잃은 슬픔으로 머리가 하얗게 세었다는 샤 자한 마음을 어루만지고 싶었다. 달을 향해 손을 뻗었다. 달빛은 양파 모양의 봉긋한 지붕을 지난다. 여인 치맛자락 스치는 소리가 들리는 듯하다. 다시 숨이 막혔다.

18세기 영국의 식민 지배가 시작되고 역사 속에서 무굴제국은 사라졌지만 사랑 이야기는 오늘도 남아 여행객을 맞는다. 현재는 과거로 가는 시작이다. 과거는 변형될 뿐 사라지지 않는다. 역사도 그렇고 예술작품이며 사람과의 관계도 지난 후에 평가가 진정성 있다. 나는 성격이 급하고 호불호가 또렷하여 좋은 관계가 되기까지 오랜 시간이 걸린다.

지금 쓰는 타지마할(Taj-Mahal) 글도 어떤 평가를 받을지 두렵다. 그러나 지난 후의 일은 아득하여 바람에 물으면 된다.

3초 스톱

생각과 다르게 엉뚱한 말이 나오는 경우를 자주 겪는다. 급한 성격은 그대로인데 나이 들면서 느려지는 것들과 부조화 때문이다. 말은 곧 실수로 이어지고 상대를 당황하게 한다. 조심해야지 다짐하지만 순간 잊는다. 그렇다면 말을 하지 않거나 줄이면 되는데 어디 쉬운가. 날아다니는 새를 새장 안에 가두는 형벌과 같다.

신문에서 읽은 내용과 나를 비교해 본다. 독서광으로 알려진 오프라 윈프리는 〈오프라 윈프리 쇼〉의 장수비결을 묻자

"나는 말을 잘하는 사람이 아니라 다른 사람의 말을 잘 들어주는 사람이다."라고 대답했다. 말을 잘 들어주는 것은 상대 마음을 이해하는 것을 뜻한다.

경청은 존중하고 이해하는 마음에서부터 시작된다. 그래서 상대방의 호감을 살 수 있을 뿐더러 몰랐던 부분까지 알게 된다. 나는 생각이 다르다는 이유로, 많이 알고 있다는 자만으로, 또는 이미 알고 있기에 상대가 하는 말을 끊어 버린다. 또 여럿이 만날 때 말할 기회가 오지 않으면 조급해지는 걸 보면 좋은 습관은 아니다.

새해 다짐 중 하나는 '3초 스톱'이다. 말하기 전 3초만 쉰 다음 말을 하여 실수를 줄이려고 한다. 평소 3초는 찰나다. 그러나 말을 시작할 때 3초는 무척 길게 느껴진다. 속으로 숫자를 쉬면서 호흡한다. 여유를 갖자, 한 번 더 생각하자. 나를 만드는 3초는 고행이다.

급한 성격으로 겪은 일을 쓰고 싶었다. 소설가 김훈은 글을 쓸 때 연필로 쓴다고 한다. 지우개로 지울 수 있고 그 가루를 '실패한 말의 찌꺼기'를 보는 것 같다고 말했다. 내 글씨는 악필이다. 지우개보다는 깨끗이 지우는 마우스가 편리하고 컴퓨터가 좋다. 마침 방학이라 오래 앉아 구상할 수 있는 여유가 생겼다.

저녁 무렵 딸에게 메시지가 왔다. 가족 카톡 방이다.

"가족에게도 알려야 한다고 해서 올립니다. 건강하게 오래오래 살다가 떠날 땐 기증하려고 합니다!"

이어서 보낸 사진은 '사후 각막기증과 뇌사 시 장기 기증'을 한다는 증서다. 딸 이름이 낯설다. 남의 일 같다고 생각하는데 문자가 또 왔다. 어렸을 때부터 생각한 일이고 오늘 문득 생각나서 했다고 한다. 가족 누구도 댓글을 달지 않는 침묵이 흘렀다.

신청은 쉽고 간단하다는 메시지를 받고 바로 딸에게 전화했다. 신청 방법을 물었다. 컴퓨터 앞에 있었기에 알려주는 대로 클릭, 클릭, 클릭…. 나도 기증자가 되었다.

3초 스톱은 이미 잊었다. 평소 장기 기증에 관해 관심이 있었다. 그러나 무섭고 두려웠다. 또 어디서 어떻게 해야 하는지 정확한 정보도 몰랐다. 이런저런 핑계로 미루고 있었는데 딸의 행동에 용기를 얻어 숙제 같은 일을 해결했다.

솔직한 심정은 가슴이 먹먹했다. 눈물도 났다. 눈물의 의미는 설명하기 어렵다. 죽음을 생각하니 슬펐고, 언젠가 닥칠 그날이 가까이 느껴졌다. 지금 주어진 모든 것들도 고마웠다. 아주 잠깐은 내가 잘한 일인가 되돌아보기도 했다.

'나도, 뇌사 시 장기 기증함.'

문자로 알렸다. 내 글에도 없다.

퇴근한 남편과 만났다. 딸과 내 선택에 댓글을 달지 않은 걸로 보아 마음을 알 수 있다. 먼저 말한다. 기분 나쁘단다. 이유는 묻지 않았다. 기다리기로 했다. 3초 스톱이 필요한 시간이다.

당신한테 나는 뭐였어? 만약 당신이 뇌사 판정을 받았다고 생각해 봐. 내가 할 일은 아무 것도 없어. 왜? 당신이…. 남편의 소리가 낮게 울렸다. 당신을 위한 마지막 선택은 내 책임이고 사랑이며 삶이야. 그것을 당신이 빼앗았고 가장 힘든 고통을 주었어, 오늘.

남편 말을 끝까지 들은 적은 이번이 처음이다. 3초 스톱을 하지 않았는데 나는 말할 수가 없었다. 내 입장에서만 생각하고 남편 마음을 헤아리지 못했기에 침묵은 경청이 되었고 경청은 그를 온전히 받아들였다.

안 좋은 앞날을 생각하는 일은 유쾌하지 않지만 유추하여 생각해 본다. 언제가 될지, 혹은 오지 않을 수도 있다. 뇌사를 확정받는 순간 남편은 선택해야 한다. 어떤 결정이든 힘든 일이다.

그가 어깨를 툭 친다. 일순간 긴장했던 세포들이 가볍게 날아오르는 기분을 느꼈다. 내 몸도 그럴지 모른다. 누군가에게 힘겨웠던 삶의 무게가 가벼워질 수 있다면 사뿐히 날아오르리.

지금까지 성격이 급하여 손해 보고 인정받지 못했는데 오늘은 잘했다고 내가 나에게 토닥여 주었다. 조심하는 것도 좋지만 성격대로 사는 것도 나쁘지 않다. 3초 스톱, 다시 고민 중이다.

흙

농촌에서 자라서인지 나이 들수록 흙이 그립다. 젊어서 유산으로 받는 땅은 곧바로 팔았다. 젊은 치기에 시골 땅보다 도시 아파트가 더 좋았다. 땅은 농사짓는 힘든 노동으로만 생각했다. 지금은 가치가 바뀌었다. 논밭 일은 기계가 대신하고 도시가 발전하면서 땅값이 치솟는다. 도시에서 흙은 귀한 존재다.

봄이 되면 몸도 마음도 무언가를 찾아 움직이고 싶어진다. 몸의 본능이 흙냄새라는 걸 나는 안다. 봄 들녘은 생각으로도 훈훈해진다. 종달새 소리도 들린다. 봄 몸살은 해가 거듭될수록 깊어지고 흔들린다. 마침 주말농장을 분양하는 곳이 있어 신청했더니 집에서 한참 떨어진 곳으로 배정받았다. 땅도 6평으로 제한됐다.

기대했던 것과 달라서 실망스러웠지만 땅은 궁금했다. 가보니 돌밭이다.

커다란 돌은 어느 정도 골라낼 수 있겠는데 돌멩이는 흙이 엉겨 붙어 있어서 그대로 두어야 한다. 밭은 원래 논이었다. 웰빙과 힐링을 흙에서 얻고, 내 손으로 채소를 가꾸어 먹고 싶은 사람이 많아지자 논에 흙을 돋워서 밭을 만들었다. 성토한 흙에 돌이 많이 섞였음에도 주인은 그대로 주말농장으로 분양한 것이다. 아름다운 상상으로 주말농장을 생각했던 나는 속은 기분이 들었다.

올해는 바람도 잦고 미세먼지가 심해 밖에 나가는 일을 삼갔다. 그러는 사이 봄기운이 따뜻해졌다. 농사짓는 K 선생에게 돌밭에 대한 불만과 무엇을 심을지 물어봤다. 심는 시기가 지나긴 했지만, 감자가 좋을 거라며 씨감자와 심는 방법을 자세히 알려주었다.

오랫동안 비가 오지 않아 흙은 돌처럼 딱딱하고 돌은 흙 속에서 겉돌았다. 바람은 거친 흙먼지를 뿌렸다. 흙을 잘게 부수고 큰 돌을 주워 날라도 땅속 깊이에서 돌은 나오고 또 나왔다. 비닐 씌울 때는 바람이 더 세찼다. 한쪽을 잡으면 다른 쪽에서 날아가고 두 손으로 잡으면 중심 잡기가 힘들었다. 흙을 편편하게 하면 좋을 듯 하여 다른 연장을 가져왔다. 돌이 얼마나 많은지, 흙과 돌과 연장이 부딪치는 소리와 날아가는 비닐 소리까지 겹쳐 신경을 자극했다. 일도 서툰 데다 돌밭에 대한 불신과 불만이 겹쳐 일은 더디고 힘들었다.

감자를 심고 남은 땅에 씨를 뿌렸다. 분양한 곳에서 제공한 씨였기에 뿌렸을 뿐 기대하지 않았다. 그리고 잊었다.

봄꽃으로 주변이 밝아졌다. K 선생을 만났다. 거센 봄바람도 미세먼지와 가뭄까지 이겨낸 기특한 상추라며 건넨다. 봉지 속 상추 냄새가 잊은 기억을 깨웠다. 봄은 절정이었지만 마음은 돌밭 감정에 매어 풀어지지 않고 있었다.

밭에 갔다. 상추, 아욱, 완두콩까지 단단한 흙을 들어 올리고 커다란 돌도 밀어내고 다복이 햇볕을 쬐고 있었다. 옹졸한 나를 나무라듯 꼿꼿하게 자신의 존재를 드러낸 씨앗의 힘 앞에 부끄러웠다.

그 날 옥상에 작은 밭을 만들었다. 스티로폼에 나뭇잎이 썩어 잘 발효된 흙을 담았다. 거름도 넉넉히 주고 모종 상추를 심었다. 양쪽에서 자라는 상추를 보며 흙의 힘을 비교해 보고 싶었다. 자연에서 씨 힘으로 싹튼 상추밭 흙은 척박하다. 거리도 멀어 물을 자주 못 준다. 반면 옥상 상추는 일정 기간 적절한 온도에서 자랐고 스티로폼의 작은 공간이지만 흙은 마르지 않을 것이다. 위치는 높고 사방이 콘크리트다.

이른 아침이면 옥상 상추에 물 주러 간다. 미세먼지로 멀리까지 보이지는 않지만, 청주 시내가 한눈에 들어온다. 골이 깊어진 우암산 녹음이 가깝게 와 닿고, 뒷산 아까시나무 그늘이 짙다. 아침에 먹을 상추를 따려는데 거미줄 아래로 달팽이가 기어간다. 회색 줄무늬 곤충도 보인다. 놀랍고 신기하여 다가가니 기척에 놀라 빠르게 움직인다.

영화 〈킹콩〉을 다시 봤다. 원주민들은 여주인공을 납치해 그들의 의식대로 킹콩에게 제물로 바친다. 자신이 제물이라는 것에 공포를 느끼는 주인공과는 달리, 킹콩은 애정의 감정을 자신답게 드러낸다.

나한테서 도망치는 것 같은 곤충을 보며 킹콩이 된 기분이다. 내 감정은 평온하고 시선은 따뜻한데 마음을 알지 못하는 곤충은 작은 스티로폼 안에서 허둥댄다. 상추를 포기하고 일어났다. 흙냄새도 같이 일어선다.

저녁에는 밭에 갈 생각이다. 그곳은 오랫동안 비가 오지 않아 밭길을 걸으면 먼지가 날아오른다. 이젠 흙먼지는 익숙하다. 퇴비 냄새도 잠깐이다. 뒤늦게 싹튼 감자로 밭은 푸르다.

처음부터 먹거리를 생각하며 신청한 것은 아니었다. 흙을 밟고 식물을 가꾸면 온전하지 못한 내 자아를 회복할 수 있을 것 같았다. 스트레스를 풀고, 복잡한 생각을 내려놓을 수 있었으면 했다. 납작했던 완두콩 꼬투리가 동글동글하게 보풀어 올랐다.

바라보고 느끼는 것만으로도 충만하다. 조급하지 않고 집착하지 않는 마음, 흙에서 나도 성장한다.

2.

슬픈 노래가 좋다

적당히 어둡게

살면서 꼭 하고 싶은 몇 가지가 있다. 선글라스를 써보고 싶다. 색 짙은 렌즈에 표정을 감추고 개성 있는 선글라스를 쓰고 외출하면 즐거움은 배가 될 것 같다. 어설프게 여배우 흉내도 내보며 쏟아지는 햇살을 즐기고 싶다.

하나는 대중목욕탕 가기다. 수증기 속에서 작고 뭉그러진 비누도 찾고 필요한 도구를 마음대로 고르며 자유롭게 행동하고 싶다. 내게 목욕탕은 안개 낀 밤길을 운전하는 것만큼 긴장되고 조심스럽다. 옆 사람이 슬쩍 들이미는 등도 정성껏 닦아주고 펑퍼짐한 내 등도 보여주며 천천히 몸을 씻고 싶다.

마스크도 쓰고 싶다. 거센 바람도 황사와 미세먼지에도 내 코와 입은 무방비 상태다. 요즈음 마스크는 건강을 챙기는 생활필

수품이고 새로운 패션으로도 인기가 좋다. 어떤 용도이든 부러울 뿐이다.

내 소망이 경우에 따라서 대수롭지 않게 생각될 수 있다. 또는 맞아, 나도 그래. 공감하면 안경 쓴 사람이다. 눈이 나빠 안경 쓰지만 고마움보다는 불편함이 나이 들면서 더 많다. 렌즈 무게로 자꾸 흘러내려 오고 콧등을 눌러서 두통에 시달린다. 가끔은 무리한 고정으로 귓등이 헐기도 한다.

올해는 충격적인 말도 들었다. 수업할 때 나도 모르게 내려온 안경을 보고 1학년 여자아이가 "선생님, 할머니 같아요" 한다. 할머니란 말은 처음 듣는 말이라 화들짝 놀라자, "할머니란 말이 습관이 돼서…." 가끔 복도에서 기다리는 할머니도 안경을 꼈다. 그러잖아도 젊은 선생님들 속에서 은근히 위축되고 흘러내리는 안경이 노인처럼 보이는가 싶어 신경 쓰였는데 할머니란 말에 울적했다.

지금까지 안경은 좋은 점이 많았다. 예쁘지 않은 눈을 가려주었고 지적으로 보이게 했다. 책을 많이 읽지도 공부를 잘하지 못했지만, 학구파였을 거라 짐작하게 했다. 내 부족한 일부를 가려주고 품위를 높여주는 장신구였다. 귀찮고 번거로웠지만 허울을 채워주기에 고마웠다.

라식수술이 보편화되면서 나도, 해볼까 진지하게 고민했다.

눈이 침침하여 사물을 자세히 보지 못해 실수를 자주하고 그만큼 마음도 침울했다. 은근히 히스테리도 늘었다.

오래 고민하고 생각한 끝에 안과에 갔다. 라식은 나이가 있어 어렵다고 한다. 대신 백내장이 진행 중이니 렌즈 삽입술을 권한다. 특수 렌즈를 눈 속에 넣어주는 시술인데 백내장도 치료하고 시력교정뿐 아니라 돋보기를 쓰지 않아도 된다고 설명한다. 안경을 벗을 수 있다는 말에 곧바로 예약했다.

수술은 잠깐이었다. 수면 아래로 침잠하는 듯하더니 잠깐 암흑이 되었다. 그 순간의 공포는 숨을 멎게 했다. 집도하는 선생님 말씀도 들리지 않았다. 추위와 공포로 떨고 있는데 내 몸이 둥둥 떠오르는 가벼움을 느꼈다. 사물이 별안간 밝아졌다. 피부 결이 나무껍질처럼 확대되어 보였다. 그리고 차츰 모든 사물이 선명해졌다.

처음 맞이하는 밝은 빛이 낯설었다. 먼 곳에 있는 것도 가까이 있는 듯했다. 세상은 눈부셨고 맑았다. 내 눈으로 보는 것 같지 않았다. 그러나 선명한 빛의 환희도 잠시였다. 점점 불안했다. 밝은 시력을 잠시 빌려 쓰고 돌려줘야 할 것 같았다. 허공에 떠 있는 기분도 안경을 쓰면 안정될 것 같았다. 불편한 것에서 벗어났지만 익숙한 것에 미련이 다시 생겼다. 예전으로 돌아가고 싶었다.

세상의 빛은 마음에 있다. 눈이 잘 보이니까 구석구석 먼지가 먼저 보였다. 특히 화장실 묵은 곰팡이는 내 게으름을 보는 것 같아 싫었다. 결점이 드러나는 거울도 피했다. 그냥 지나칠 수 있는 것도 예민해졌다. 밝은 빛은 행복만 주지 않았다.

조금 어둡게 살 때가 좋았다. 일몰에 보는 사물이 아름다워 보이듯 보이지 않으면 심안은 깊어진다. 정확히 보지 않아도 될 것은 적당히 지나치고, 트집이 될 만한 것은 못 보아도 나쁘지 않다. 결백한 눈으로 밀어내지 않고 내 삶을 인정하며 사랑하게 된다.

얼마 동안 나는, 세상을 처음 보는 것처럼 잘 보이는 것에 대해 할 말이 많을 것 같다. 이젠 선글라스도 쓸 수 있고, 마스크도 쓸 수 있으며 대중목욕탕도 자유롭게 다닌다. 안경은 추억으로 남았다.

그런데 안경을 다시 쓰고 싶다. 익숙한 내 모습이 그립다. 솔직히 말하면 세월이 지나간 흔적을 감추는 데는 안경이 제격이다. 당분간 안경은 멋 내기로, 내 트레이드마크를 고집하는 마음으로 쓸 것이다. 지금 내가 하고 싶은 일이다.

슬픈 노래가 좋다

슬픈 노래가 좋다. 슬픈 노래를 들으면 저녁 바람 소리가 묻어온다. 막차를 타는 샐러리맨의 뒷모습, 뗏장을 막 덮은 묘지의 고요, 먼 곳에서 들리는 기차 소리, 가을밤에 내리는 빗소리, 외딴집 외등, 찻잔에 어리는 공허한 말까지 노래 속으로 들어온다.

슬픈 노래를 들으면 상처 입은 마음이 치유되고 평온해진다. 보름달이 뜬 날은 패티김의 이별 노래가 듣고 싶다. 보름달을 함께 보던 시간을 생각한다. 시냇물에 비친 달그림자가 차갑던 여름이었다. 달빛에 홀려 시간도 잊고 둑길을 걸었다. 달을 소재로 한 시를 읊고 고사故事며 지난 이야기로 즐거웠다. 누군가 노래를 불렀다. 달을 노래한 곡은 많았다.

그 중 가장 절정은 패티김의 〈이별〉이었다. 한 소절 한 소절 띄엄띄엄 부르다가 합창이 되었다. 달빛은 도돌이표가 되었고 쉬 멈추지 않았다. 무엇이 우리를 슬프게 했는지 모른다. 모두 가슴에이는 소리로 노래 불렀다. 미련의 감정 찌꺼기를 보내는 마음으로, 혹은 그리운 사람을 생각해서인지 노래가 끝나자 저절로 박수가 나왔다. 고개를 돌리고 눈물을 훔치기도 했다. 달은 매일 뜨지만 내가 듣는 달의 노래는 그날에 머문다.

며칠 전 노래방에 가서 한참을 놀다 모두 지쳤다. 마지막으로 가장 슬픈 노래를 한 곡씩 부르기로 했다. 밖에는 비바람이 몹시 드셌다. 빗소리와 함께 취기도 올라 가슴속에 묻어둔 이별의 기억을 모두 불러와 노래를 불렀다. 슬플 거라 생각했는데 의외로 반짝반짝 빛이 났다. 가락을 타고 그 시간으로 돌아가는 기분은 달콤했다. 노래는 나이를 잊게 하고 지나온 길을 다시 걷게 하는 마력이 있다. 아픈 사랑도 아름답게 한다.

L 선생님의 첫사랑을 문학기행 가는 버스 안에서 들었다. 같은 학교에 근무하면서 연모하였는데 발령이 나서 헤어지게 된다. 보고 싶고 그리움에 사무쳐 그녀가 근무하는 학교에 무작정 갔다. 그러나 그녀를 부를 용기는 없었다. 한참을 창밖에서 서성이는데 노래가 들렸다. 그녀가 치는 풍금에 맞춰 아이들이 부르는 노래는 L 선생님의 마음 그대로였다. S 시인이 일어나 그날 들은

노래를 부르기 시작했다. 낮은 중저음으로 부르는 중년 남성의 노래는 모두 흠뻑 젖게 했다. 버스 안이 숙연해졌다. 나는 말로써 감동을 표현할 수 없어 가을 들녘만 바라봤다.

다시 들어보면 슬픈 멜로디는 아니다. 이별을 담은 가사도 없다. 노래 부른 시인의 목소리가 슬펐고 풋풋했던 첫사랑을 떠올리게 한 분위기 때문이었을 것이다. 지금도 가을이면 과꽃이 먼저 생각난다. 노래도 흥얼거린다. 며칠 전 지인의 텃밭에 꽃이 피었다고 사진을 보내왔다. 한달음에 보러 갔다. '꽃이 피면 꽃밭에서 아주 살았죠.' 기분 좋아 부르는데도 슬퍼지는 이유를 모르겠다.

마음을 울리는 슬픈 노래는 찬불가다. 올해 용화사 불교대학에 입학했다. 불교에 대해 깊이 있게 알고, 나를 깨우고 싶은 마음이었는데 소리에 먼저 빠졌다. 찬불가를 들으면 눈물이 난다. 이유 없이 슬프다. 바람이 울려주는 풍경 소리, 스님의 목탁 소리, 염불 소리도 노래처럼 들린다. 가끔 울어주는 새소리도 고요한 절에서 듣는 또 하나의 소리다.

지옥의 중생을 휴식에 들게 하여 고통에서 벗어나게 하는 범종소리, 운판 소리, 목어 소리도 슬프게 들린다. 어디에 있든 마음은 슬픈 가락이 있는 곳으로 열린다.

슬픈 노래를 들으면서 꿈을 꾼다. 노랫말 속 주인공이 되어

심연으로 빠져들기도 하고 깃털처럼 가벼운 몸이 되기도 한다. 내 삶에서 선택하지 못한 것을 겪어 보거나, 옹이진 상처를 다시 꺼내보는 것도 슬픈 노래가 주는 여유다.

하루가 지루하거나 버거울 때 에디트 피아프의 〈사랑의 찬가〉를 듣는다. 세르당과 불꽃같은 사랑, 그리고 예기치 못한 이별의 슬픔을 노래한 그녀 목소리를 들으면 내 일상이 사치 같아서 조금은 내려놓는다.

모란이 필 무렵은 조영남의 〈모란동백〉이 잘 맞는다. 봄꽃이 모두 진 늦봄, 모란은 핀다. 산비둘기 울음이 한가로운 날, 조영남 목소리로 듣는 노래는 처연해서 마음이 녹색으로 멍든다. 노랫말처럼 세상은 바람 불고 고달프다. 그래서 슬픈 노래는 남루한 마음의 옷을 벗게 한다. 한 겹 한 겹 벗어내면 맑은 기운이 박차고 오를 것이다. 슬픈 노래를 들으면 슬프지 않아 곁에 두고 듣는다.

이유 없는 것은 없다

관음죽을 키우는 화분이 금갔다. 어머님이 쓰던 시루를 화분으로 사용하던 거라 아쉬움이 컸다. 틈틈이 신경 쓰며 살폈다. 처음에는 굵은 선 하나인 줄 알았는데 실선도 여러 곳이다. 금방 깨질 것 같은 불안함도 잠시, 그대로 잊었다.

지금 베란다는 가을꽃이 한창이다. 잎만 무성하던 곳에 다양한 꽃빛깔과 향기로 눈도 마음도 즐겁다. 꽃으로만 시선이 오래 머문다. 그런데 관음죽 주변이 환하다. 화분이 뭉개졌다. 떨어진 조각들로 주변은 어수선하고 서로 엉킨 뿌리는 성난 이빨처럼 속을 드러냈다. 사이사이 검은 흔적도 보인다. 화분이 좁다는 이유로 새싹이 올라오면 베었다. 모진 내 손에 잘리어 죽은 것 옆에 새로운 싹이 꼿꼿하게 고개를 세웠다. 화분이 깨지지 않았다면 그 싹 또한 같은 운명이 되었을 것이다.

마침 분갈이를 해주는 이동식 플로리스트가 집 근처에 왔다. 큰 화분으로 관음죽을 옮겼는데도 버려지는 것들이 수북이 쌓였다. 뒷정리하면서 어떻게 할 거냐고 재차 묻는데 대답 못하고 머뭇거렸다. 빗자루를 손에 쥐고 관음죽 곁을 서성인다. 깊은 심호흡으로 조금 더 시간을 벌었다. 두 개 화분을 놓기는 베란다 공간이 비좁다. 결정을 내리지 못하고 깨진 시루만 쳐다봤다.

나보다 먼저 와서 흥정하던 중년 여인이 주섬주섬 자기 쪽으로 옮긴다. 집에 빈 화분이 많다고 한다. 붉은 매니큐어 손톱이 길다. 주고 싶지 않았다. 첫째는 화초 이름을 묻지 않았다. 애정이 없다고 생각했다. 두 번째 빈 화분이 많다는 것은 분별없이 사들였거나 관심을 주지 않았을 것이다. 화초일지라도 빠른 호기심은 금방 시든다. 또한 공짜 즐거움은 오래 가지 않는다. 금방 버릴 확률이 높다.

문학회 활동을 하면서 제일 좋았던 것은 책 받는 기쁨이었다. 회원 개인 저서며 문학단체 동인지와 정기간행물을 받으면 행복했다. 나에게 책은 힘이었고 위안이었으며 꿈을 꾸는 이유였다. 가끔은 마음의 사치이기도 했다. 읽지도 않으면서 쌓아두는 것으로 만족했고 한 끼 밥보다 포만감을 느낄 때도 있었다.

지금 그 책들이 짐이다. 소박했던 마음은 색 바랜 책처럼 변했고 책으로 가득한 방에서 누리는 호사보다 공간의 여백을 갖고 싶었다. 버리는 것은 상대에 대한 예의는 아니지만 미룰 수 없어서 오래된 책을 먼저 집었다. 어떻게 갖게 되었는지 모르는 책도 있다. 소식을 알 수 없거나 이름도 생소한 작품집은 생각에 잠긴다.

내 수필집이 보인다. 내 책도 누군가에게 가서 버려지겠지, 혹은 버려졌겠지. 첫 번째 수필집은 출판기념회를 했다. 한국문화예술위원회 문학창작지원금을 받은 작품집이어서 자부심도 있었고 작가로서 인정받고 싶었다. 800만원 창작지원금으로 욕심껏 발행했다. 지금 남아 있는 책은 몇 권 되지 않는다. 두 번째 수필집은 명함처럼 기분 좋게 나눠주었다.

세 번째 수필집을 출간하려고 정리하는데 고민이 많다. 그런데 서재에 내 책을 꽂으려고 비워 놓았다는 지인의 독촉을 받았다. 출간 계획을 묻는 이도 있다. 기다리는 마음은 고마운데 읽지 않고 버려질까 두렵다.

그즈음 산속에 헌책방이 있다기에 찾았다. 소문난 곳은 사람들 발자국으로 새로운 길을 만든다. 정말? 의문과 왜? 호기심은 길이 되었다. 영화촬영도 하고 텔레비전에 소개되면서 바람 소리만 잠길 것 같은 곳에 사람들이 북적거린다. 찾는 사람의 마음은 새롭고, 책은 지난 시간 속으로 맞이한다. 빠르고 새로운 것에 자극적인 지금, 산속 헌책방은 문명을 벗어난 듯 하지만 오히려 흥미를 자극하는 진수가 엿보인다.

책방은 현재를 잊게 한다. 오래되어 변하고 낡았지만 찾기 쉽게 분류해 놓은 책 길을 따라가면 칸마다 책 냄새가 다르게 느껴진다. 이끼 냄새이기도 하고 잘 발효된 냄새 같기도 하다. 작은 창문으로 들어오는 햇빛은 전체를 밝혀주지 못해 어둡다. 쌓아놓고 흩어진 책들이 흐릿한 빛에 정겹다. 주인은 헌책을 찾는 주문이 많아 바쁘다고 한다. 버려져서 잊힌 책들로 부동의 책방일 거로 생각했는데 변화하는 공간이 새로웠다. 헌책방에서 용기를 얻었다.

관음죽은 오랫동안 지켜봐야 안다. 竹이지만 마디 구분이 없고 줄기는 실 가닥 같이 감겨있어 거칠다. 꽃도 예쁘지 않다. 관심 있게 보지 않으면 풀줄기 같아서 지나치기 쉽다. 손바닥처럼 펼친 이파리는 넓은 공간을 차지하고 물도 자주 줘야 한다.

그러나 물을 줄 때 이파리와 물줄기가 부딪치는 경쾌한 소리는 기분 좋다. 또 성장이 빠르다는 것을 말하고 싶어 가까이 갔다. 주는 마음을 헤아린다면 그곳에서 오래 머물 것이다. 공짜가 아니라 나눠 받았다고 하면 생각은 달라진다. 이유 없는 것은 없다.

행운목 꽃이 피면

행운목에서 꽃봉오리가 올라온다. 20여 년 기르는 동안 세 번째 꽃이다. 예전 경험으로 꽃봉오리가 맺힌 것을 직감으로 알 수 있다. 새로 나오는 잎은 말린 듯 위로 뻗는데 꽃봉오리가 맺힐 때는 잎과 잎 사이 간격이 넓게 벌어지고 아래로 처진다. 정확히 알기 위해 만져보면 부드러우면서도 단단한 느낌, 순간 손도 떨리고 마음도 떨린다.

누구한테 먼저 알릴까. 연둣빛 꽃봉오리를 가까이 찍었다. 눈으로 볼 때는 구별하기 어려웠는데 사진 속에는 선명하다. 떨어져 사는 딸에게 먼저 보냈다.

'새해 첫 꽃, 행운목 꽃을 너에게'

딸은 여행을 다니고 싶다며 직장을 그만두었다. 가고 싶은 곳

자유롭게 돌아다니고, 놀고 싶을 때 맘껏 놀고 싶다는 말에 "그래 잘했어, 그게 젊음이지." 하며 받아들였다. 그러나 진심은 아니었다. 여행도 돈이 있어야 여유롭고, 노는 것도 마음이 편해야 즐거운 것이다. 여행에서 돌아온 후 취업으로 겪어야 할 현실을 생각하면 답답하다.

딸은 여행 가방을 싸고 있다고 한다. 비상하는 딸에게 전염병과 테러 같은 걱정보다 마음으로 빌어주는 행운이 좋을 것 같았다. 꽃도 내 마음을 아는지 적기에 피어오른다.

'우리 집에 좋은 일이 생기려나 봐. 엄마에게도 행운을….'

딸에게 답장이 왔다. 기쁠 때 목소리 톤을 높이는 딸의 목소리를 문자 속에서 듣는다.

남편에게도 보냈다. '우리 집 행운목에서 꽃봉오리가 올라와. 행운을 당신에게 줄게.' 남편은 정년을 앞두고 있다. 그는 명예롭게 퇴직하는 것이 소원이다. 그러나 하루하루가 불안한 오십 대 중반이다. 꽃이 피면 행운을 남편에게 주고 싶다.

가끔 지갑 안에 들어 있는 로또를 본다. 로또 판매점 앞에서도 서성였을 것이다. 자신 있게 숫자를 선택할 용기도 없어 자동으로 사면서 행운의 숫자에 온 마음을 담았을 거다. 더 오를 수도 꿈꿀 수 없는 지금, 버거운 그의 삶에서 잠깐 빛나는 로또가 때로는 고맙다. 늘 그랬던 것처럼 남편은 반응이 없다.

아들은 휴학 중이다. 되도록 그 애와 대화를 피한다. 언쟁으로 이어지는 일을 반복하고 싶지 않다. 그냥 옆에서 지켜보는 일이 내 몫이다. 자식이지만 오랫동안 떨어져 지내다가 같이 있으니까 힘들다. 자유롭던 내 시간이 사라졌고 먹고 자는 소소한 일조차도 불편하다. 내 불만은 '너 때문에'로 소리쳤고 아들은 '내가 왜?'로 공격했다.

언젠가 텔레비전 대담 프로그램을 보는데 가슴에 와 닿는 말을 들었다. '때문에'를 '덕분에'로 생각을 바꾸면 모든 것이 긍정으로 보인다고 한다. 아들과 갈등을 겪던 때라 그 말이 약이 되었다. '때문에'라고 하며 책임을 회피했다면 '덕분에'라는 말로 감사하게 생각하니 마음도 행동도 바뀌었다. 아들과 사이가 조금씩 부드러워진 것은 그날 이후다.

인생이란 터널은, 정확히 알고 들어가면 빛을 찾아 나올 수 있다. 그러나 맹목적으로 들어가면 어둠 안에 갇히고 만다. 휴학을 택한 아들 판단을 응원하기로 했다. 행운목 꽃 사진을 내 마음보다 더 빠르게 보냈다.

행운목 꽃봉오리 덕분에 바빠졌다. 메시지로 지인들에게 사진을 보냈다. 오랫동안 격조했던 사람에게는 기분 좋은 안부 인사가 되었다. 모두 좋은 일이 생길 거라며 축하해준다. 꽃봉오리 사진인데 예쁘다고 한다. 마음은 벌써 꽃이 피었나 보다. 보내는 마음도 흐뭇하고 돌아오는 말도 기분 좋아서 문자 메시지 볼 때마다 행복하다.

꽃이 피기를 기다리며 꿈을 꾼다. 행운이 온다면 무엇이면 좋을까. 올해 계획이 몇 가지 있다. 현실 가능성이 먼 것이라 실천에 옮기기까지 많은 시행착오가 있어야 한다. 내 능력과 인내심이 필요하기에 망설이고 있었는데 도전해보리라는 자신감이 생긴다. 가족들도 각자 꿈이 있다. 모두에게 꽃의 행운을 얻어 좋은 결과가 있을 거라 믿어본다. 바람이긴 하지만 좋은 일을 생각하니 가슴이 뜨겁다. 내 생각이 긍정으로 바뀌었으니 꽃은 나에게 행운을 준 것과 다름없다.

바라보기에 따라 모든 꽃은 행운을 준다. 꽃을 보며 나쁜 생각을 하는 사람은 없다. 꽃을 볼 줄 아는 마음이 행운이다. 찬바람을 이기고 제일 먼저 핀 봄꽃에서는 희망을 본다. 죽은 듯 말라가던 나뭇가지에 핀 꽃은 기다림을, 좁은 틈 사이에 핀 꽃을 보면 인고를 배운다.

행운목 꽃은 이름 덕에 귀하게 주목받는다. 또 자주 피지 않아 가치를 높인다. 기대하는 심리를 충족시켜주는 꽃, 꽃인데도 온 마음이 모아진다. 어떤 행운이 올까.

죄송합니다

운전한 지 오래되었지만 초보자처럼 서툴다. 후진도 잘 못하고 차와 차 사이 주차는 아예 못한다. 주변 사람들은 이젠 실력이 늘 때가 되지 않았냐고 한다. 운전에는 청춘이 없고 숙련공이 없으며 적절한 때가 없다. 자신감으로 차선의 흐름을 알고 운행속도를 조절하는 센스도 필요하지만 초심의 마음가짐이 가장 좋은 운전습관이라고 생각한다.

나는 눈이 나쁘다. 먼 거리 사물은 구분이 어렵다. 겁도 많다. 어렸을 때 제사 지낸 갱물이 무서움을 극복한다고 하여 항상 먹었고, 홰에서 잠든 닭에게 절하기도 했다. 부모님이 민간 신앙을 빌어서라도 단단하게 키우려 했으나 지금까지 겁쟁이다.

소심한 내 성격은 운전할 때 드러난다. 내 뒤를 바짝 따라오면서 고함지르거나 험상궂은 표정으로 위협하고 가끔은 육두문자를 들어도 맞대응하지 않는다. 제일 무서운 것은 신경질적인 클랙슨 소리다. 여자운전자라고 해서 불편한 심기를 적나라하게 드러낸다.

내 입장에서 보면 나는 모범운전자다. 앞차와 거리도 잘 지키고 제한속도를 지켜서 과속하지 않는다. 차선 바꿀 때 미리 깜빡이를 켜고 좌 · 우회전에도 항상 깜빡이로 알린다. 운전 중 핸드폰으로 전화는 절대 하지 않는다. 그런데도 클랙슨 소리가 나면 나도 모르게 움츠러들고 긴장한다. 모두 나한테 울리는 소리 같다. 도로에는 아직 성숙한 인간이 드물다. 자신의 아내나 사랑하는 애인이라면 함부로 대할 수 있을까.

운전하면서 제일 많이 하는 말은 "죄송합니다, 죄송합니다"이다. 좁은 골목길에서 마주친 운전자에게는 애교 멘트로, 추월선에서 느리게 달리는 내 뒤를 오랫동안 따라온 운전자에게도 죄송합니다. 가끔은 험악한 표정으로 째려보는 이에게는 미소 지으며 말하고, 내 잘못도 아닌데도 상대 기에 질려 사과부터 한다. 양보하면서도 죄송하고 교통법규 지키는데도 죄송하다, 운전할 때 약자는 늘 여자고, 목소리 작은 사람이고, 교통법규 잘 지키는 사람이다.

되돌아 생각하면 죄송하다는 말은 진심이 아니라 운전 미숙을

모면하기 위한 방패다. 상대에게 활짝 웃어서 경계심을 풀고 고분고분한 태도로 감정을 억제시켜 주며 부드러운 음성은 좋은 이미지를 준다. 좋은 첫인상은 나를 보호하는 울타리다.

운전 미숙으로 사고가 났던 첫 번째 기억은 잊히지 않는다. 볼일이 있어 나왔는데 내 운전 실력으로 가면 점심시간과 겹쳤다. 점심시간 동안 기다리는 것이 싫어서 마음이 급했다. 횡단보도 앞이다. 나는 빨간 불에서 초록 불로 바뀌는 동시에 출발했고 아이는 초록 불에서 빨간 불로 바뀌려는 순간 빠르게 뛴 것이다. 순간이었다. 아이가 차 밑으로 들어갔다. 놀란 아이 아버지가 후진하라고 손짓하는데 당황하여 전진했다. 사람들이 더 많이 모였다. 무서워 꼼짝 못하고 떨기만 했다. 아이가 차 밑에서 스스로 나왔다. 겉으로 보아서는 멀쩡했다. 다리에 긁힌 자국만 있었다. 몇 번을 괜찮은가 물어도 이상 없다고 했다. 아이 아버지도 그만한 것이 다행이라며 나를 위로해줬다. 그렇게 헤어졌다.

저녁때 파출소에서 연락이 왔다. 뺑소니로 신고가 들어왔으니 조사받으러 오라고 한다. 이유는 이러했다. 심하게 다친 것 같지 않아 집으로 간 그들은 주위 사람들에게 사고에 대해 말했다. 모두 교통사고 후유증을 염려하였고 사고 조치를 하지 않은 내게 나쁜 감정이 생겼다. 병원 진단서를 떼어서 나를 고발한 것이다. 지금도 그 날을 생각하면 가슴이 심하게 뛴다. 진땀도 난다. 다행히 아이도 많이 다치지 않아 잘 해결되었지만 횡단보도 공포증은 오래 갔다.

사고가 난 순간 진정성 있는 마음으로 사과했더라면 결과는 어떻게 되었을까. 사고가 무서웠고 당황하여 마음의 여유가 없었다. 집에 가서 싫은 마음에 진심으로 사과하지 않았다.

신분증으로 대신하는 운전면허증은 녹색이다. 그날 이후 무사고 운전자고 교통법규도 잘 지킨다. 셀프 주유소에서 주유도 하고 자동 세차장에서 세차도 한다. 그러나 여전히 운전 미숙으로 차를 긁고 내 잘못도 아닌데 죄송하다는 말이 먼저 나온다.

운전은 내 삶의 질을 바꾸어 놓았다. 그러나 도로에서 나는 초보운전자다. 판단도 느리다. 오른쪽 깜빡이를 켜고 바짝 붙은 뒤차를 보면서 들리지 않을 것을 알면서도 사과한다.

"죄송합니다. 죄송합니다."

'죄송합니다'라는 말이 최선책이다. 죄송하다는데 누가 시비를 걸까. 운전하는 동안 나는 늘 '을'이라고 생각했는데 '갑'이었다.

번호로 기억되다

아침 설거지를 하는데 불현듯 생일이란 말이 떠오른다. 뒤이어 환청처럼 친정엄마 목소리가 들린다.

"미역국 끓여 먹었니?"

그 말을 들은 때는 생일이 한참 지난 후다. 귀가 들리지 않는 노모는 만났을 때만 짧은 대화가 가능하다. 설날에 세배 드리러 가면 항상 묻는 엄마 첫인사다. 나는 고개를 끄덕이는 것으로 대답을 대신한다.

미역국 끓여 먹었니? 경우에 따라서 미역국은 자주 식탁에 오르는 국이지만, 엄마에게 미역국은 내 생일이라 하여 그냥 지나쳤을 것 같아 꾸짖고, 끓여주지 못해서 미안한 마음이다.

내 생일은 섣달그믐이다. 올해 생일이 반쯤 지났고 다음 생일을 기다리는 기간도 반 정도 된다. 그러나 내년 생일에는 "미역국 끓여 먹었니?" 묻던 엄마 말을 들을 수 없다.

아픈 기억 속 시간은 흐르지 않는다. 엄마와 마지막이던 유월, 끈끈하던 그 하루에 묶여 있다. 오랜 가뭄으로 타들어 가는 대지보다, 전염병의 공포보다 더 무서운 것은 사랑하는 사람과 영원한 이별이다. 맛있는 것 같이 먹을 수 없고 소소한 대화도 나눌 수 없으며 같이 호흡할 수 없는 거리, 죽음. 아흔여섯 해 엄마 삶을 정리하는 사흘은 허망했고 짧았다.

강물로 흘러가고 싶어 했던 엄마 유언은 이루어지지 않았다. 숲속 수목장으로 모셨다. 한 그루 나무에 두 줄 원을 따라 유해를 묻고 위치에는 각각 고유번호를 준다. 그곳에서 엄마는 사후에 얻은 C-577 번호로 이름을 대신한다.

엄마 번호 곁에는 먼저 온 이의 번호가 있다. 땅속에서 만나는 또 다른 이웃들이다. 마치 옹기종이 모여 있는 마을 같다. 엄마는 영원한 휴식의 마을로 이사했다. 평소 말이 없고 남의 말을 잘 들어주었으니 좋은 이웃이 되어 줄 것이다. 떡을 돌리며 이사 온 것을 알리듯 나는 엄마 이웃에게 씀바귀 꽃잎을 뿌려 주었다.

세상에서 가장 아름다운 말 엄마, 이젠 대답을 들을 수 없다는 것을 알면서도 불러보고 귀 기울여본다. 그 순간은 나뭇잎의 미세한 흔들림도 날아온 나비도 엄마 대답으로 받아들이고 싶다.

한 줌 땅으로 돌아간 엄마와는 달리 나는, 6평의 땅과 번호를 얻었다. 엄마 번호는 변하지 않는 땅이고, 나는 책임지고 가꾸어야 하는 생명의 번호다. 청주시 농업기술센터에서 '도시민 텃밭 가꾸기' 사업의 땅을 분양받아 일 년 동안 경작할 수 있는 기회를 얻었다. 26번 나는 욕심이 많다. 오래전부터 꿈꾸어 오던 농사에 대한 열망을 고스란히 쏟는다.

지금 단호박 줄기가 이웃 밭까지 넘어갔다. 줄기 끝을 다시 우리 밭쪽으로 돌려놓기를 여러 번, 꽃은 피지 않고 잎만 무성하다. 곁줄기를 잘라 줘야 열매를 맺는다면서 풀 뽑던 할아버지가 허리를 펴며 소리친다. 목소리에 짜증이 섞여 있다. 며칠만 더 있으면 할아버지 손에 단호박 줄기가 잘릴지도 모른다. 그런데도 망설인다. 열매를 맺지 않으면 어떤가. 꽃은 보지 못해도 힘차게 뻗어가는 줄기를 보면 내 몸도 힘이 솟는다.

저물녘 텃밭에 앉아 있으면 아직 남은 해 기운과 함께 곡식들 냄새가 지친 마음을 토닥여 준다. 오묘한 자연 냄새는 취할수록 고소하다. 실하게 자라는 농작물은 보는 것만으로도 힐링이 된다.

비닐을 씌우던 날, 거센 봄바람에 휩쓸리던 참담함도 추억이 되었다. 씨를 어디에 뿌려야 하는지 몰라서 이랑을 깊게 만들고 두둑에 뿌렸다. 싹이 돋았다. 다른 밭 모두 낮은 이랑에서 골고루 싹이 나오는데 우리 밭만 두둑에서 엉겨 붙듯 다복했다. 시루의 콩나물 같다는 것을 알면서도 예뻐서 뽑지 못하고 바라보았다.

이웃 밭 아저씨가 먼저 다가왔다. 첫 농사는 그런 거라며 능숙하게 싹을 뽑아 일정한 거리를 만들어 주었다. 흐뭇하고 만족하는 그에게 고맙다고 인사했지만 속마음은 아니었다. 정말 가슴 아팠고 속상했다. 여리고 작은 새싹은 차가운 봄바람에 시들었다. 지금 그는 좋은 이웃이 되었다. 밭에 가면 그가 오기를 기다린다. 농사에 대한 정보도 얻고 서로 다른 채소도 나누고 소소한 삶의 이야기를 나눈다.

장마가 지나고 고추에 진딧물이 생겼을 때 주방세제를 희석해서 뿌려 준 것도 그이고, 식초나 설탕물도 도움이 된다고 알려주었다. 진딧물은 다른 밭에도 옮길 수 있어서 모두 내 일처럼 걱정이다. 텃밭 농사를 지으면서 좋은 사람을 만난 것은 가장 값진 수확이다.

지금 텃밭은 윤기가 흐른다. 밭 앞에 꽂힌 번호의 푯말이 자라난 곡식으로 보이지 않는다. 누가 더 잘 키웠나, 잘 자라고 있나, 이 고랑 저 고랑 돌아다니며 밭을 살피는 시간을 즐긴다. 밭주인의 성격도 보인다. 취향도 알 수 있다.

나와 같은 생각을 하는 누군가도 내 밭을 보고 있을지 모른다.

그는 이웃 밭까지 뻗은 단호박 줄기를 따라 가지 말고, 진노랑 땅콩 꽃을 보려고 키를 낮추는 사람이었으면 좋겠다. 그러면 잡초가 무성히 자라고 쑥갓 꽃이 별처럼 흔들려도 오지 못했던 서러운 유월도 기억하리.

행운권 두 장

집 앞에 빵집이 생겼다. 오늘은 개업 기념으로 준 행운권 추첨이 있는 날이다. 행사 몇 시간 전인데 음악소리가 시끄럽다. 소리에 이끌려 집중이 되지 않는다. 그러나 오늘만은 참기로 했다. 두 장 행운권을 갖고 있다.

지금까지 행운권이 당첨된 적은 한 번도 없다. 그런데도 행운권 응모함이 있으면 그냥 지나치지 않는다. 내게 행운이 오지 않을 거라 하면서도 이번에는, 하는 바람을 떨쳐내지 못한다. 행운권 발표까지 꿈꾸는 달콤한 시간을 나는 즐긴다.

여럿이 모인 자리에서 로또가 당첨되면 무엇을 할 것인가 물어봤다. 저마다 거액의 돈을 유용하게 쓰는 법을 망설임 없이 말했다. 오랜 연습을 끝내고 마지막 리허설을 마친 연극배우처럼 그들에게 주어진 로또 무대는 무궁했다.

내가 꿈꾸는 행운이 온다면 농촌에 작은 어린이 도서관을 짓고 싶다. 단층으로 예쁘게 짓고 어린이와 주민을 위한 책을 맘껏 들여놓을 것이다. 그동안 아이들을 가르쳐서 번 돈으로 책 사고 여행 다니며 즐겼으니 받은 만큼 돌려주고 싶다. 도서관 주변에 우리 꽃으로 담장을 꾸밀 생각이다. 달리아, 채송화, 봉숭아, 나팔꽃, 맨드라미, 족두리꽃, 분꽃…. 꽃잎으로 꽃물도 들이고 놀이도 하고 씨앗도 받으면서 자연과 책과 함께하는 공간을 꿈꾼다. 텃밭도 만들 계획이다. 씨앗을 심고 싹이 돋아 열매 맺기까지 과정의 관찰은 한 권의 식물도감보다 효과적이다. 흙에서 놀고 자유로운 도서관, 벌레들과 가까이 할 수 있는 작은 전원 도서관을 그려본다.

내 얘기를 듣고 S 선생은 로또가 당첨되면 나에게 도서관 지을 만큼 돈을 주겠다고 했다. 이 또한 행운 아닌가. 그러나 공짜로 얻는 행운을 기대하지 않는다. 내가 노력하여 번 돈으로 도서관을 짓는 행복을, 행운으로 당첨된 로또에 비할까.

행운은 돈이나 물질적인 것에서 떠난다면 항상 우리 곁에 있다. 살아가면서 좋은 사람을 만나는 일도 행운이고, 아무 탈 없이 하루를 보낸 것도 행운이다. 보이스 피싱이 내게 안 걸려온 것도 행운이며, 묻지 마 칼에 찔리지 않고 성폭행 염려 없는 이웃을 만난 것도 행운이다.

자연의 아름다운 경관을 볼 때, 갖고 싶었던 물건을 세일 기간에 저렴한 가격으로 샀을 때, 위험한 사고에서 비껴갈 때, 처음 하는 말은 행운이다. 행운의 또 다른 모습은 남들과 비교하면서 만족하는 기쁨이다.

오래전 일이다. 남편은 주말이면 일을 핑계로 놀러 갔다. 부부 싸움은 잦았고 의심하는 마음도 깊었다. 그해 10월은 개천절과 겹쳐서 사흘 연휴가 되었다. 그날도 남편은 직원들과 설악산 간다며 나갔다. 내 가슴은 설악산 단풍보다 더 붉게 타들어 갔다.

하루 내내 의심의 눈초리로 보내고 이튿날 신문을 보는데 메인 기사에 사진 한 장이 실렸다. 〈설악산 단풍 50만 명 인파 몰려…〉 기사 제목에 끌려 사진을 보니 그 속에 남편 얼굴이 있었다. 남편을 중심으로 찍어서 금방 알아보았다. 남편의 앞, 뒤 사람은 모두 직원들이었다. 순간 의심했던 마음은 사라지고 설악산 단풍 색만 들어왔다. 그날 행운의 사진으로 우리 부부는 위기에서 벗어났고 10월이면 설악산 단풍이야기로 대화가 많아진다.

불가에서 행운은 그동안 업을 통해 온다고 말한다. 예기치 않게 오는 것 같지만 선한 일을 많이 쌓은 사람만 얻을 수 있다는 것이다. 나는 행운은 자신감이라고 생각한다. 될 수 있다는 진정성 있는 믿음, 적극적인 행동에서 온다고 믿는다.

빵집 최고 행운은 접이식 자전거였다. 분홍색 튜브가 아름다운 자전거는 맨 앞에서 기다린 사람에게 돌아갔다. 사회자는 행사 시작하기 전부터 와서 기다렸고 행사 중 이벤트도 적극 참여해서 복 받은 거라 했다.

자전거도, 꽤 많은 양을 준 빵도 얻지 못한 행운권 두 장은 약이 되었다. 내 삶의 행복을 요행으로 기대했던 것도 내려놓았다. 행운은 뽑히는 것이 아니다. 땀 흘린 만큼 얻는 대가이어야 한다. 그래서 오늘을 만족하는 마음이 가장 좋은 행운권이다.

거꾸로 생각하기

"에구에구, 에구… 에구구궁…."

식당 의자에 앉으며 가이드가 앓는 소리를 낸다. 조금 전까지도 씩씩하고 활기찼는데 애간장을 녹이는 신음에 모든 귀가 한곳으로 몰렸다. 일부는 앓는 소리를 내며 자리에 앉았다가 벌떡 일어서고, 나 역시도 그와 같은 소리를 내며 앉으려다 입을 다물었다.

우리의 시선을 의식한 가이드가 활짝 웃는다.

"에구, 에구에구… 하며 앉으려고 하셨죠?" 묻는다. "네…에" 긍정인지 부정인지 애매하게 말끝을 흐리며 무슨 일인가 싶어 가이드 가까이 몰려들었다.

가이드가 겪은 일을 들려주었다. 며칠 전 식당을 갔는데 이탈

리아 현지 가이드가 의자에 앉으면서 에구, 에구구… 하면서 천진스럽게 웃더란다. 어디 아프냐고 물으니 한국 관광객을 안내했는데 앉을 때마다 에구에구…, 에구구구… 하더라는 것이다. 혼자 생각으로 한국에서는 앉을 때 인사인가 싶어 외워두었고 한국 가이드를 만났으니 앉는 인사를 한 거라는 말을 들었노라 한다.

순간 와아! 웃음소리가 소나기처럼 쏟아졌다. 에구에구, 에구구구… 병원 침상 같은 분위기를 외국인은 인사로 생각했다니 마냥 웃을 수 없었다. 그 후 에구, 하다가 멈추고 누군가 앉으면 먼저 에구, 에구구 해주며 관심을 가져주니 여행하는 동안 정도 많이 들고 조금씩 에구구 소리를 하지 않게 되었다.

여행에서 돌아와 사람들을 만날 때면 관찰한다. 에구구구 소리를 심심찮게 듣는다. 나와 비슷한 나이이거나 연세가 많은 분들이다. 무릎 통증 때문이란 것을 안다. 그러나 일종의 자기최면이기도 하다. 경기 시작하기 전 파이팅! 외치거나 잘해, 응원해주면 힘이 솟는 것처럼 에구구… 앓는 소리를 내다보면 아픔을 잠시 잊는다.

습관이기도 하며 전염 또한 강하다. 누군가 시작하면 여기저기서 같은 소리로 호응한다. 말하지 않아도 공감하는 소리, 서로를 위로해주고 위로받고 싶은 노년의 소리다.

같은 아파트 5층 할머니는 혼자 사신다. 함께 살던 아들 가족이 분가하고 할머니는 부쩍 늙었다. 표정도 바뀌었다. 그분을 엘리베이터 안에서 만난다. 어떤 날은 화려한 스카프로 멋을 내고 붉은 립스틱이 유난히 짙을 때도 있다.

인사를 드리면 대답 대신 얼굴을 찡그리며 "에구!" 한숨부터 쉰다. 그리고 5층에서 1층까지 내려오는 동안 어디가 어떻게 아픈지 알려주는데 엘리베이터 속도보다 빠르다. 어떤 날은 1층에서 올라갈 때 만난다. 5층이 13층인 우리 집보다 더 멀게 느껴진다.

날씨가 따뜻해지면서 현관에 나와 있는 할머니를 자주 만난다. 인사를 드려도 엘리베이터를 함께 타도 여전히 찡그린 표정으로 하소연한다. 같은 말의 반복이다. 나는 듣기만 한다. 할머니가 내리면 비로소 숨을 쉰다. 거울을 본다. 나도 할머니와 같은 표정이다. 만나고 싶지 않은 사람이 되었다.

어버이날이다. 할머니를 만났다. 가슴에 꽂은 카네이션이 할머니 립스틱보다 붉었다. 꽃이 예쁘다고 하니 웃으면서 반긴다. 표정도 밝다. 처음으로 5층부터 1층까지 상쾌하게 내려왔다. 카네이션에 마음이 풀린 할머니는 아들을 자랑했다.

"에구!" 한숨 소리를 뒤집어 생각하면 외로움일 수도 있다. 관심 받고 대화하고 싶은 마음이다. 할머니 하소연을 들어주는 일도 보시다. 나도 에구, 에구구 신음을 내면서 상대방 한숨을 미움으로 밀어낸 옹색함이 부끄럽다.

같은 말이라도 거꾸로 생각하면 생각이 달라진다. "잘 먹고 잘 살아라." 감정 없이 들으면 듣기 좋은 소리다. 그러나 거꾸로 생각하면 잘 먹고 살아가나 어디 두고 보자는 것 같아 불편하다.

나는 피부가 검은 편이다. 그래서 볕에 탄 촌사람 같다. 옷을 멋 내어 입어도 돋보이지 않는다. 메이크업을 조금만 짙게 하면 들뜨고, 첫인상 또한 강할 거라는 선입견을 준다.

지금은 검은 피부 때문에 부러운 시선을 받는다. 건강 미인이 주목받으면서 돈 주고 피부를 태우는데 나는 겨울에도 선탠한 것처럼 보인다. 나이 들면서 생기는 주근깨며 잡티, 기미도 보이지 않는다. 색조화장도 다양해져서 검은 피부를 돋보이게 할 수 있다. 섹시하다고까지 한다. 늘그막에 듣는 말이라 진심인지 위로인지 알 수 없어 혼자 웃는다.

에구, 에구구… 소리를 한국의 인사로 생각한 외국인처럼 새롭게 바라보면 의미가 달라진다. 거꾸로 생각하기, 처음 겪는 것처럼 바라보기, 여행에서 얻은 생각이다.

라마스떼, 인도

인도 여행은 우리나라 계절에서 겨울이 좋다고 한다. 최고라는 말에 현혹된 것도 있지만 겨울방학이 아니면 긴 여행을 갈 기회가 없어 서둘러 떠난 날이 1월 초순이다.

히말라야 산맥이 있고 명상의 나라, 소들이 한가로이 거리를 다닌다. 갠지스 강에서 화장을 하고 그 옆에서 목욕과 빨래를 하며 그 물로 살아가는 사람들. 피리를 부는 마법사가 거리 어디쯤 앉아 있을 것 같은 나라. 11시간을 날아 도착하니 밤은 깊어 고요하고, 인적 없는 공항에 짙은 안개가 우리를 마중했다.

델리 – 전정각산 – 보드가야

인도의 첫날 델리의 아침이다. 안개가 자욱하다. 새침한 여인처럼 델리는 이방인에게 쉽게 다가서지 않더니 점심때쯤에서야 감싼 옷을 하나씩 풀어놓는다. 초록의 가로수도 신기하고 지나는 사람들 눈빛과 전통복장의 옷차림도 새롭다. 도로는 신호등을 무시한 채 경적을 울리며 달리는데도 사람들은 여유롭고 활기차다. 간단한 인도 인사말을 배우는 것도 여행에서 느끼는 재미다.

라마스떼, 라마스까, 반데밧디….

인도문을 지나고 연꽃 사원을 들러 국립박물관에 갔다. 부처님의 진신사리 탑이 모셔져 있는 곳에서 예불 드리는데 집중 되지 않는다. 주변이 궁금하여 살며시 나왔다.

국내선 비행기를 타고 가야 도착, 다시 버스를 타고 전정각산으로 가는 길은 흙먼지와 흔들림이 심했다. 가끔 유채꽃이며 초록 잎이 주는 신선함이 아니었다면 메마르고 황폐한 땅과 온통 돌뿐인 산의 거친 느낌은 계속 아프게 따라왔을 것이다. 생명을 키울 수 없을 것 같은 척박한 곳에도 나무와 풀은 자라고 삶의 터전이 되었다.

전정각산은 부처님께서 깨달음을 얻기 전 수행한 곳이다. 몸을 낮추고 들어가야 할 만큼 낮고 좁은 굴 안은 촛불이 어둠을 걷어주고 있다. 참배객은 많고 굴은 좁아서 삼배를 올리기도 힘들다. 준비한 꽃 공양을 올리고 나오니 저녁바람이 어둠을 재촉한다. 꽃 공양은 꽃의 향기처럼 몸과 마음이 예뻐지는 공양이라고 알려준다. 부처님께 공양도 하고 그 마음으로 예뻐진다는 말에 내려오는 길 내내 즐거웠다.

밤늦게 보드가야에 도착했다. 보드가야라는 지명은 부처님이 성불하신 곳이라는 뜻으로 붙여진 이름이다. 입구부터 사람들이 북적여서 들어서기가 쉽지 않다. 밤인데도 여기저기 기도를 드리는 사람이 많다. 모두 눈빛은 맑고 빛났다. 천천히 걸으며 보고 싶은데 주어진 시간이 많지 않다.

유칼린다 연못으로 갔다. 그곳은 부처님의 설법을 중생들이 알아들을 수 있을까 고민한 장소다. 코브라 상 위에 부처님이 계신다. 코브라는 부처님 설법을 듣고 악한 마음이 선한 마음으로 바뀌어 부처님이 설법할 때 햇볕과 비를 가려주었다고 한다. 신을 벗어 얼은 발이 코브라의 깨달음처럼 따뜻하게 데워지는 기분이다.

보드가야 – 바라나시

새벽녘 우렁찬 소리에 깼다. 커튼을 젖히니 안개에 갇힌 가로등은 희미한데 울부짖듯 강렬한 소리는 가까이서 들린다. 숙소에서 마하보디 대탑이 멀지 않다. 기도하는 소리라 생각하며 기다리는 아침은 멀기만 했다.

마하보디 대탑에 갔다. 하늘에 닿을 듯 높은 탑은 안개로 희미하다. 서원하는 기도만큼 탑은 높아졌고 부처님을 기리는 마음은 정교하고 아름다운 조각으로 표현했다. 지나는 바람조차도 부처가 되는 곳에서 꽃을 공양하고 오체투지로 기도하고 여행객의 발걸음을 쉬게 한다.

부처님은 나르지나 강에서 목욕하고 보드가야로 와서 깨달음을 얻었다. 부처님이 깨달음을 얻은 보리수 아래에 앉아 기도를 드렸다. 주위를 둘러보니 새들이 지저귐도 정겹고 개들은 꼬리를 흔들며 반긴다. 맨발의 티베트 스님들의 기도 소리는 힘이 느껴진다. 보리수 아래서는 생명이 있는 모두 하나가 된다.

108배로 정진하고 다시 보리수를 올려다보았다. 가지 하나를 가져와 꽂은 것이 지금은 하늘이 보이지 않을 만큼 웅건하다. 움직이듯 부드러운 가지들은 세월을 감으며 뻗어가고 보리수 잎은 부처님 말씀이 되어 살랑인다. 저절로 두 손이 모아진다.

수자타 마을을 들러보고 바라나시로 가는 길은 고속도로라고 하는데 시골길처럼 정겹다. 마치 어린 시절 외갓집에 가는 기분이다. 덜컹거리는 버스를 타고 흙먼지 내뿜는 길을 달리는데도 쏟아지는 졸음, 깜박 잠이 들었는데 엄마가 흔들어 깨웠다, 다 왔단다. 얼마나 잤을까, 나를 깨우는 목소리가 들렸다. "다 왔어요.”

바라나시에 도착했다. 갠지스 강 여신에게 바치는 제사의식인 ‘아르띠뿌자’를 보기 위해 사이클 릭샤를 타고 갠지스 강으로 갔다. 뒷좌석에 2인이 탈 수 있는 사이클 릭샤를 운전하는 사람은 앳된 남자다. 관광객의 흥미를 돋기 위함인지 곡예하듯 달린다. 승용차와 오토바이 사이를 바람처럼 들어가고 옆 사람과 부딪칠 것 같은 좁은 공간도 요령껏 피해간다. 섬뜩한 순간마다 풍겨오는 인도 냄새. 어둡고 칙칙한 건물들. 흐릿한 불빛 속 어수선한 거리. 안전할 수 없는 불안함과 추위로 옴짝할 수 없다. 내 마음을 알았는지 엉덩이를 흔들며 애교도 부리고 뒤를 돌아보며 씩 웃던 환한 미소는 건강했다.

갠지스강 일출 – 녹야원

이른 아침 갠지스 강 일출을 보러 갔다. 어제 보았던 혼잡함은 없고 적막감만 흐른다. 가끔 한쪽 다리가 없거나 구걸하기 위해 손을 내미는 앙상하고 검은 손만 없다면 새벽의 고요는 평화롭다. 나룻배를 타고 건너편 황하로 갔다. 모래가 밀가루처럼 곱고 부드러운 황하에서 일출을 기다렸지만 날씨가 흐려서 해가 보이지 않는다. 다시 나룻배를 타고 건너오는데 방생하는 물고기를 파는 상인이 쫓아온다. 몇 마리 사서 던지니 방생이 아니라 갈매

기 밥이 되었다.

투쟁하듯 몰려드는 물고기 너머로 화장터 연기가 오른다. 죽어서 갠지스 강에 몸을 적시고 화장하면 천국으로 오른다고 믿는다. 사위어가는 티끌 곁으로 또 한 구의 시체가 누웠다. 그도 오늘은 천국에 오르리. 인연으로 보면 그는 마지막 가는 길에서 만난 나와, 전생에 좋은 연이 있었을 것이다. 불꽃을 차마 볼 수 없어 발길을 돌리니 좁은 골목마다 똥 천지다. 구역질이 났다. 천국으로 오르는 연기 앞에서 나는 무엇을 보는가. 속으로는 더럽다, 피하고 싶다, 춥다, 역겹다 하면서도 합장하고 있었다. 일체동관一體同觀, 우주 만유를 하나의 눈으로 보라. 부처님 말씀을 새긴다.

5명의 비구 제자가 부처님을 맞이한 영불탑과 바라나시 박물관을 보고 부처님의 최초 설법지 녹야원으로 갔다. 사슴 이야기를 들려주었다. 설화는 마음에서 기억으로 옮겨가며 전해지는데, 건물은 사르나트 유적지 입구에서 다메크 스투파로 가는 중간에 기단부만 둥글게 남아 있다. 바라나시 왕의 대신인 자갓싱이 개인 건축물에 쓰기 위해 탑을 해체하여 벽돌을 옮겼다고 한다. 넓고 웅장한 곳에서 붉은 벽돌은 여행객에게 의자도 되고 편안하게 만져볼 수 있는 체험장이다. 다메크 스투파 앞에는 기도하는 사람들로 붐볐다. 모두 경건하고 진지하다. 기도하기 좋은 곳에서 기도하고 탑돌이 하는데 낯선 손길이 쿡쿡 찌른다. 원 달러! 부처님 조각상을 파는 상인이 눈망울을 깜박인다. 원 달러! 검지손가락에서 흔들리는 부처님을 마음은 따라간다.

알라하바드 – 아그라로 가는 야간열차

아그라를 가기 위해 야간 침대열차를 탔다. 인도의 기차는 연착이 잦아 출발 시간이 없다. 우리가 탄 기차도 우려했던 대로 되었다. 걸어가도 따라갈 듯 느리게 가다가 멈추고, 지루할 만큼 쉬었다가 다시 운행, 잠시 후 또 멈춤. 언제 갈지 모르는 기다림의 연속이다. 기차가 왜 출발 안 하는지 안내방송도 없고 어느 역에 도착했는지도 안내하지 않는다. 좁고 답답한 공간에서 가면 가는 대로 멈추면 다시 기다리면서 11시간을 넘게 가다가 결국 아그라까지 못 가고 중간에서 내려야 했다.

다행인 것은 차창 밖 농촌 들녘은 풍요롭고 아름다웠다. 감자밭도 느릿느릿 지나고 유채꽃 만발한 곳은 느려서 더 좋았다. 초록빛 나무들. 소똥을 줍거나 주무르는 여인의 손길도 느리게 달리는 기차여서 자세히 볼 수 있었다. 이층 기차라는 것을 잊는다면 차창 밖은 인도인지 우리나라인지 구분하기 어려운 평온한 농촌 풍경이다.

아그라에 도착했다. 아그라는 물의 길이라는 뜻이다. 세계 7

대 불가사의 타지마할이 있고 붉은 아그라성이 있다. 정문을 들어서면 넓은 마당과 수로가 있고 그 끝에 완벽한 대칭을 이루는 하얀 대리석 건물이 유네스코 세계유산으로 등재된 타지마할이다. 양파 모양의 지붕을 얹고 이슬람 건축의 상징인 네 첨탑을 세웠다고 안내 책자에서 읽었다. 상앗빛 대리석 무덤은 해가 비치는 각도에 따라 하루에도 몇 번씩 다른 빛깔로 보인다는 타지마할은 어떤 언어로도 비유할 수 없다.

보팔 – 산치대탑

집에 돌아갈 날이 가까워져 온다. 보팔에서 기차 타고 와서 다시 버스를 갈아타고 부처님 진신사리를 모신 산치대탑에 도착했다. 기도 후 산치대탑을 돌았다. 석양이 지고 있었다. 노을빛과 햇살이 겹쳐 만든 붉은빛이 대탑 사이사이로 들어왔다. 마치 전등을 켜놓은 것처럼 빛났고 보석처럼 영롱했다. 부처님의 마음이 와서 우리를 어루만져 주는 것처럼 포근했다. 아름다운 빛으로 지친 몸도 마음도 쪼였다. 일몰은 쉬 사라지지 않았다. 숙소로 오는 길까지 환하게 밝혀주며 따라왔다. 그리고 찰나, 빛과 어둠이 교차했다. 오랜 버스를 타는 일도 익숙해졌다. 언덕 위 숙소까지 못하는 버스에서 내려 걷는데 별빛이 쏟아졌다. 크고 맑고 황홀했다. 우연히 얻은 최고 행운이 되었다.

보팔 – 아잔타 석굴

보팔역에서 새벽 기차를 타려 했는데 역시 연착이다. 대합실은 남자와 여자가 나뉘어 사용하게 되어 있다. 역에 먼저 온 사람들은 바닥에서 자유롭게 누워 잠잔다. 시끄러운 소리에도 기척 없다. 잠자는 사람 곁에 앉아 있는 것도 힘든 일이다. 밖으로 나오니 초승달이 선명하다.

기차와 버스를 번갈아 타면서 아잔타 석굴에 도착하니 점심시간이 훌쩍 넘었다. 5시까지 관람할 수 있다 하여 마음이 급해졌다. 성스러운 곳이라 맨발로 들어가야 한다. 1굴부터 26굴까지 부처님의 생애를 조각으로 표현했다. 오묘하고 정교하며 부드러운 조각은 아름다웠다. 정과 망치와 공양의 마음으로 거대한 동굴에 부처님을 새긴 석장石匠의 손이 부처님보다 위대해 보였다. 살아 숨 쉬듯 조각 하나하나가 움직이듯 꿈틀댄다.

숙소에 오니 창밖 음악 소리가 흥겹다. 잠도 오지 않고 궁금하기도 하여 소리를 따라가니 결혼식 전야 축제라고 귀띔해준다. 곱게 단장한 신부와 신랑이 쭈뼛거리는 나를 반갑게 맞아주었다. 말은 통하지 않았지만 같이 사진도 찍고 어설프게나마 춤사위도 따라 하면서 축제를 잠깐 즐겼다.

엘로라 석굴 – 델리 국제공항

불교, 힌두교, 자이나교 등이 공존하는 엘로라 석굴에 갔다. 절벽을 깎아 만든 석굴은 높이에 먼저 압도된다. 협곡같이 웅장하고 장엄하다. 한때 많은 사람이 이곳에 와서 서원하던 기도는 부처님께 닿았으리. 바람이 새소리에 묻혀 지난다.

석굴 밖은 햇빛이 찬란하다. 오염되지 않아 빛은 줄기까지 보일 듯 투명하다. 빛을 따라가면 부처님 마음자리까지 갈 수 있을까. 마지막 여행지에서 내가 본 것을 돌아본다.

삶과 죽음이 하나인 갠지스 강. 모순이 질서같이 어울리는 나라. 더럽고 비좁은 골목의 어둠과 브릭스(BRICs), 명상의 고요와 우주산업 발달, 자동차와 사이클 릭샤와 소들과 뒤엉킨 거리, IT 산업 발달, 카스트와 아라비아 숫자 기원인 나라.

알아갈수록 그곳에 나를 가두고 싶을 만큼 매력적이고, 백단향 나무로 만든 염주 향기처럼 서서히 젖어 드는 기억이 있어 좋다. 행복한 기억 또 하나, 첫날 받은 재스민 목걸이는 시들었지만 내 여행용 가방 속에 있다.

그게 아닌데

사성암에서 기와 불사할 때다. 가족 이름 끝에 '크리스'를 쓰고 돌아서는데 뒤에 섰던 그녀와 눈이 마주쳤다. 줄을 서서 기다리는 동안 수인사를 나눈 사이이긴 하지만 가까이서 눈을 마주치는 일은 멋쩍은 일이다. 잠깐이었지만 기와 불사는 처음이라며 이것저것 묻는 행동에서 불편함을 느낀 지라 자리를 피하며 지나는데

"입양하셨어요?"

한다. 내가 쓰는 것을 뒤에서 봤나 보다. 그렇다고 짧게 대답했다. 순간 그녀 눈꼬리가 올라갔다.

"대단하세요. 어떻게 다른 나라 사람을…."

'크리스'라는 이름을 보고 그러는가 싶어,

"개요."

답했다. 그런데,

"걔요?"라는 질문으로 들었는지

"몇 살이에요?"

또 묻는다. 목소리가 봄빛이다. 그녀는 기와 불사를 포기하고 줄에서 반쯤 비켜나 오래된 동무처럼 편안한 자세가 되었다. 그러는 사이 줄이 끊겼다 이어지기를 반복했다. 내 기와 위에 몇 개가 더 올려졌다.

"15년 되었어요."

"그럼, 한국사람 다 되었겠네요. 지금 중학생?"

그녀의 호기심은 멈출 것 같지 않았다. '개'가 걔가 아니라 개라고 하면 되는데 팽팽한 긴장감을 끊고 싶지 않았다. 서로 엇갈린 대화는 수면 위 파문처럼 퍼져갔다. 모든 논란의 쟁점은 진위다. 대화가 길어지면 '개' 동음이 들킬 것 같아 돌아서는데 그녀가 내 팔을 잡아끈다.

"보살님, 너무 멋있어요. 걔는 훌륭한 사람이 될 거예요."

그녀와 어떤 인연으로 만났을까. '크리스' 이름을 쓸 때 다음 생은 사람으로 환생하기를 서원했다. 정말 '개'가 그 애 '걔'가 되었다.

색실에 빠지다

다산 정약용이 쓴 〈소서팔사消暑八事〉를 보면 옛날 사람들의 여름나기는 낭만적이고 여유롭다. 솔밭에서 활쏘기, 느티나무 아래에서 그네타기, 넓은 정자에서 투호하기, 대자리에서 바둑 두기, 연못의 연꽃 구경하기, 숲속 매미 소리 듣기, 비 오는 날 한시 짓기, 달 보며 탁족하기다.

소나무는 피톤치드가 많이 나온다. 피톤치드는 심신을 안정시켜 주는 기능을 한다. 집중력이 필요한 활쏘기 장소로는 솔밭이 제격이다. 정신 집중하여 더위도 잊고 삼림욕으로 건강까지 챙기니 이만한 피서법이 어디 있겠는가.

넓은 정자는 바람이 사방에서 불어온다. 투호의 좁은 구멍 속에 화살을 넣기 위해서 바람을 이용해야 한다. 한 개 한 개 화살을 던지며 집중하다 보면 더위를 잊을 수 있다. 더위를 피하기보다 자연에 순응하고 자연을 이용하여 여름을 나던 조상들의 지혜가 놀랍다.

200여 년이 흐른 오늘 여름나기는 어떤가. 삶의 모습도 변했고 낭만과 풍류를 즐길 여유도 없다. 모두 바쁘고 세상은 빠르게 변한다. 그러나 뒤를 돌아보면 옛것을 찾으려는 사람들이 보인다. 필름사진기와 흑백사진관이 다시 인기를 얻는가 하면 옛날 도시락으로 배달하는 식당이 있고 재봉틀도 젊은 사람들 속에서 인기 품목이라고 한다.

프랑스 자수도 한동안 기계수에 밀렸다가 아날로그 감성을 그리워하는 사람들 속으로 돌아왔다. 기법도 다양해졌고 생활소품은 짧은 시간 안에 완성할 수 있어 호응이 좋다.

여름나기의 좋은 방법으로 자수 만한 것이 없다. 온 마음으로 집중하여 수를 놓으면 시간도 금방 지나고 더위도 잊는다. 나는 주로 꽃을 놓는다. 꽃이 좋다. 예뻐서 좋고, 예쁜 것을 보면 마음이 순해진다. 한 땀 한 땀 실과 바늘이 함께 움직이는 길로 꽃이 핀다. 향기도 없고 원하는 꽃 모양이 되지 않았지만 내가 놓은 것이라서 애정이 간다.

처음 놓은 꽃은 레이지 데이지 스티치다. 작을수록 앙증맞고 예쁘다. 좋아하는 색실만 골라 꽃잎이 흩어지듯 놓았더니 꽃잎

위를 걷는 황홀감에 빠진다.

무릇 꽃은 프렌치넛 스티치로 놓아야 한다. 실에 매듭을 지어 놓는 것으로 씨앗수로도 불린다. 여러 개 씨앗으로 꽃이 완성되기까지 집중하다 보면 요란한 말매미소리도 들리지 않는다. 동부 넝쿨이 기운차게 오르는 밭둑에 핀 무릇 꽃의 기억이 수틀에서 피었다. 청아한 보랏빛 속으로 빠져든다.

즐겨놓는 꽃은 장미다. 굵고 긴 바늘로 색실을 바람처럼 휘감다가 툭, 던져놓으면 꽃잎이 봉긋 피어오른다. 송이송이 아름다운 꽃이 되려면 정신을 집중해야 한다. 장미꽃은 실을 감는 횟수와 적당한 땀의 길이가 맞아야 한다. 하나, 둘, 셋…. 색실을 감는 동안 세상의 모든 잡념이 사라진다. 내가 놓았는데 내 것 같지 않은 신선한 낯섦은 수를 놓으면서 즐기는 또 다른 매력이다.

그러나 열정과 의욕만으로 되지 않는 것이 수놓기다. 잘 놓을 것 같아 서두르게 되고 조바심도 생긴다. 원하는 자리에 바늘이 꽂히지 않을 뿐더러 땀을 뜨고 실 당길 때 살갗이 찍혀 함께 따라오는 경우도 있다.

며칠 되지 않아 오른쪽 검지 손은 바늘귀 때문에 아프고, 왼쪽 장지 손가락 안쪽이 바늘 끝에 상처를 입었다. 물이 닿으면 아리다. 그러나 적당한 고통은 약이 된다. 참고 몰입하면서 더위도 잊고 아픔도 견딘다.

독수리는 부리를 바위에 100번을 부딪쳐서 단단하게 만든다. 추사 김정희도 벼루 100개가 닳도록 글을 썼다고 하고, 고흐는 10년 동안 1,500장의 그림을 그렸다고 한다. 노력 없이 이루어지는 것은 없다. 수를 놓다가 마음대로 되지 않을 때 나에게 도닥여주는 말이다.

수를 놓을 때도 마음을 내려놓아야 한다. 균형 맞춰 땀을 떠야 하고, 모양과 기법에 따라 실의 길이를 가늠해야 한다. 길게 끊으면 색실 손실이 크고 짧게 끊으면 모양이 흩어진다. 실 길이 적당량이 수도修道다. 욕심이 앞서면 수繡의 아름다움을 살리지 못한다.

여자 전용물이던 자수가 남자들도 배우는 지금, 훗날 여름은 어떤 기록으로 남을지 자못 궁금하다. 나는 수繡에 집중하면서 무념에 빠진다. 이보다 좋은 여름나기가 있을까. 더위가 두렵지 않다.

문

첫 강의 날 수강생들에게 질문한다. 프로그램에 참여하게 된 동기가 궁금하다. 솔직한 그들의 대답은 강의 준비하는데 유익한 정보가 된다. 참여 목적은 같지만 조금씩 차이는 있다.

그러다 누군가 핵심을 건드리는 말 한마디로 분위기는 고조된다. 논리적인 능변으로 시선을 끄는가 하면 자신이 살아온 삶을 구절구절 풀어놓다가 감정에 취해 울기도 하고, 위트와 재치로 즐겁게 하는 사람도 있다. 모두 언어의 귀재다. 그중 나도 할 수 있을까 해서 왔다며 머뭇거린다. 말에서 순한 마음이 묻어나는 사람은 결론부터 말하면 대부분 글을 잘 쓴다. 또 빠르게 목표를 이룬다.

기억에 남는 말은 M이다. M은 직업상 도서관은 익숙한 공간으로 자유롭게 도서관 문을 드나든다. 그러나 들어가 보지 못한 문 하나가 있다. 강의실 문이다. 그 문을 열면 어떤 곳일까, 어떤 세상일까, 밖에서 쳐다보며 궁금했다. 오랜 궁금증을 해결하고 싶어 문을 열었다.

그와 다르게 나는 문 안에서 들어오는 사람을 기다린다. 몇 명이 올까, 어떤 사람이 올까, 어떻게 인사 나누는 것이 좋을까. 첫 무대에 오르는 배우처럼 연습을 반복하며 기대와 설렘으로 긴장한다.

문은 평등하지 않다. 열리지 않고 열 수 없는 것이 우리 주변에 많다. M 말처럼 나도 강의실 문을 스스로 열고 들어오기까지 용기가 필요했다. 강사 모집에 응모했고 서류 전형을 거쳐 2차는 면접이다. 속으로 가능성을 기대하며 편하게 갔는데 많은 응모자를 보니 가슴이 졸였다. 평소 가깝게 지내던 지인조차도 경쟁 대상이었다.

짧은 시간이지만 새로운 문 하나를 통과하는 시간은 끝없는 터널을 빠져나오는 듯했다. 그곳을 떠올릴 때마다 질문에 대한 대답을 명쾌하게 못한 것 같아 마음속에서 계속 따라다녔다. 친구에게 전화를 걸었다. 힘없는 내게 유쾌한 선물을 준다. 우리 나이에 이력서 쓰는 것은 능력 있다는 거야, 멋지네. 그 말이 아니었다면 어느 보이지 않은 곳에 쪼그리고 앉아 나 자신을 작고 더 작게 느끼며 웅크리고 있었을지도 모른다. '나라는 존재를 무엇인가로 응시하고 인식한다면 빛나는 시간이 될 것이다.' 격려해주는 친구 마음 위에 부처님 말씀을 올려놓고 힘을 얻었다.

그날 용기와 열정이 나를 새롭게 만들었고 청주시 1인 1책 펴내기 강사가 되어 강의실 문으로 들어오는 사람을 만난다. 회원들은 대부분 연세가 많다. 학교 다닐 때 문학소녀였던 꿈을 다시 꾸고 싶은 감성이 풍부한 사람, 알고 있는 것을 정리하고 싶은 학구파, 굽이굽이 맺힌 한을 풀어놓는 실타래 같은 사람, 책을 많이 읽다 보니 자신의 글을 쓰고 싶은 사람도 있다. 나는 그들에게 글을 쓸 수 있도록 강의하고 쓴 글을 책으로 엮는 일을 도와준다.

나이 듦이 아름답고 겸허하며 성스럽다는 것을 그들의 글에서 느낀다. 문체는 투박하고 정리되지 않았지만 삶의 흔적이 묻어 있는 이야기는 잔잔한 물결을 스치는 빛처럼 투명하다. 가식과 기교에 오염되지 않아 순수하다. 오래된 흙담 냄새도 난다.

가끔은 첫사랑 이야기도 듣는다. 오랜 기억의 사랑일수록 색깔이 짙고 영롱하다. 가슴 아픈 일은 잊었고 애상만 남았다. 지난 사랑은 모두 아름답다. 한 편의 흑백영화를 보는 것 같다.

타임머신을 타고 과거로 날아가고, 내 안의 또 다른 내가 되어

보고, 상대방 입장이 되어 본다. 글을 쓰면서 나를 무한히 변신해 보는 쾌감을 느껴본다. 재력도 권력도 부럽지 않다. 글쓰기는 돈도 들지 않아 경제적이다. 상대방을 공격하고 이겨야 하는 승부도 없다. 내 의지와 열정만 있으면 된다. 글쓰기는 마음을 치유하고 상대에게 위로가 되어준다. 귀중한 내 삶이 형체 없이 사라지기보다 책으로 남겨놓는 것은 존엄하다.

나는 잘 들어야 한다. 공명통이 되어 그들의 이야기를 가슴으로 담아서 글 쓸 수 있도록 도와줘야 한다. 듣는 일은 인내가 필요하다. 존중하고 공평해야 한다. 가끔 두서없고 공감되지 않는 자신의 이야기로만 늘어놓는 말도 귀 기울여 듣는 시간이 나를 깨우는 공空이다.

문이 있다. 나만의 책을 만들기 위해 인생의 탑을 쌓는 문은 누구나 열 수 있고 평등하다. 내 삶의 글쓰기는 문을 여는 순간부터 시작이다.

3.

기적은 곁에 있다

예쁘다, 정말

베란다 새시를 교체하려면 물건들을 옮겨야 했다. 대부분 화분이고 항아리도 여러 개다. 배가 불룩한 커다란 항아리는 시어머니가 쓰셨다. 광택도 없고 무척 커서 베란다에 어울리지 않을 거라 알면서도 갖고 싶어하자 어머니도 은근히 원한 듯하다. 트럭 운반비를 주셨다. 몇 개 항아리를 더 실은 트럭이 사라질 때까지 손을 흔들던 모습이 가까이 잡힐 듯 선연하다. 그날 어머니가 들려준 얘기다.

보리쌀 두어 말과 작은 밭뙈기를 얻어 분가할 때 항아리는 하나만 얻었다. 커다란 항아리를 갖고 싶은 마음에 아버님이 몇 날 노동하여 벌어온 돈으로 마땅한 것을 샀다. 칭찬을 들을 거로 생각하며 시어른께 자랑했는데 진노만 들었다. 살림을 헤프게 한다며 야단치던 목소리는 아직도 무섭다며 어머니는 눈을 감았다. 어머니의 아픈 기억을 간직한 항아리를 나는 베란다로 옮겨왔고 시집살이 얘기를 담아 놓았다.

몇 년 후 친정에서도 비슷한 항아리 몇 개를 가져왔다. 친정엄마는 그릇 욕심이 많았다. 엄마 눈썹미만큼 다양한 항아리를 챙겼다. 내심 싫어하고 아까워하는 엄마 눈빛을 피하며 나 역시도 욕심을 부렸다.

베란다에는 두 어머니의 삶과 손때가 함께 어우러져 장독대가 되었다. 지금은 어느 것이 시댁 것인지, 친정 것이었는지 분간하기 어렵다. 가져올 때 욕심과 설렘도 차츰 희미해지고 사용하지 않는 것은 구석으로 밀려갔다.

건강에 관심이 쏠리면서 발효음식이 식탁으로 돌아오고 있다. 발효음식을 저장하는 데는 항아리만한 것이 없다. 항아리를 빚는 진흙에는 가는 모래가 섞여 있는데 불에 구우면 진흙 알갱이와 모래 알갱이 사이가 벌어져 눈에 보이지 않는 구멍이 생긴다. 숨을 쉰다는 것은 그 때문이고 맛있게 숙성된다. 음식이 잘 썩지 않게 해주기도 한다. 요즈음은 잿물을 입혀 만든 항아리가 흔하지 않다. 우리 집 항아리도 다시 제자리를 잡았다.

항아리는 바람과 햇볕을 쬐어주고 닦아주어야 한다. 볕 좋은 날 오랜만에 항아리 뚜껑을 열었다. 거미집이 쳐진 것도 있고 뚜

껑 일부가 떨어진 것이며 먼지가 쌓여 굳어서 닦아지지 않는 것도 있다.

가장 큰 항아리는 안에서 부식되어 조각이 떨어졌다. 잘 닦으면 괜찮을까 싶어 만지니 잘못 건드린 모양이다. 여기저기 떨어진 조각들이 날카롭고, 떨어져 나간 자리 흔적은 상처처럼 붉은 빛을 드러냈다. 오랫동안 빛을 보지 못한 것에 반란이라도 하듯 툭! 톡! 시간을 차며 조여 온다. '아깝다' 후회하며 하루가 갔다.

시어머니가 위중하다고 연락이 왔다. 무언가 떨어지는 소리를 가슴 속에서 들었다. 건강한 모습을 뵙고 온 지 얼마 되지 않았는데 위암 말기로 더는 치료가 불가능하다고 한다. 뚜껑을 열어보지 않은 항아리처럼 어머니에 대해서도 무관심했다. 부모 앞에서 자식은 어린 것처럼 느끼고, 자식은 부모가 늘푸른 나무처럼 굳건할 거라 믿는다.

부식된 항아리를 치우기로 했다. 혼자서는 무게를 감당할 수 없어 한참을 마주하고 보니 참 예쁘다. 불룩한 배 모양도 넉넉하고 거친 질감도 정겹다. 옹기장이들은 그릇에 무늬를 넣는 것을 '환친다'고 한다. 나도 옹기장이가 되어 그림을 따라가며 만져본다. 긴 풀잎은 양쪽으로 세 개씩이다. 항아리를 가득 채우려면 두 팔을 크게 벌렸을 것이다. 단순하지만 소박한 마음이 느껴진다. 먼지를 닦고 또 닦으니 검은빛이 붉어지며 윤기가 흐른다.

자신의 존재를 알리는 마지막 빛이 숙연하다.

소화를 시킬 수 없어 토하던 어머니의 음식물도 붉었다. 겉으로는 아무렇지도 않은 듯했지만 속으로는 역겹고 무서웠다. 어머니도 마찬가지였을 것이다. 보고 싶지 않은 것을 초점 없이 바라보던 눈빛의 말을 들을 수 있었다. 지금은 내가 어머니 마음이 되었다. 밖으로 내어놓아야 하는 시간이 가까워져 올수록 애틋하여 서럽다.

예쁘다, 정말. 얼마 동안 버린 것에 대해 후회할지 모른다. 속과 겉이 달라서 모르는 일이 항아리뿐이겠는가. 명지明知를 생각해 보는 시간이다.

가족이란 이름

1월 달력을 넘기니 2월 중간쯤 빨간 숫자가 먼저 들어온다. 올해 유난히 추워서인지 붉은색은 불빛처럼 움츠렸던 마음을 녹여준다. 반갑기도 하다. 설 명절이 지나면 봄은 곧 올 것이다. 마음은 봄맞이하고 싶은데 밖은 여전히 추위가 기승을 부린다.

맏며느리인 나는 설 열차승차권 예매, 귀성길 차량 정체 기사보다 명절 차례상 물가에 관심이 쏠린다. 채솟값이 한파로 인해 많이 올랐다기에 대형 마트를 먼저 들렀다. 설 명절 선물세트가 발길을 잡는다. 같은 물건인데도 세트로 포장되면 사고 싶은 욕구가 생긴다. 개성 있는 포장으로 상품을 돋보이게 하고 풍성한 더미는 넉넉함을 더한다. 선물 들고 고향 언덕을 내려가던 지난 시간이 그립다.

친정집 안방 선반에는 원통형 상자 하나가 놓여 있었다. 누구든 보이고 닿는 곳이었지만 아버지 외에는 다가갈 수 없는 성역이었다. 아버지를 눈여겨보면 외출에서 돌아온 후 모자나 안경 따위를 넣는 것 외에 별다를 것 없는 상자를 가족 누구도 만지지 않았다. 그 상자가 열리는 날이 있었다. 섣달 그믐날 밤이다. 설 선물을 미리 주기 위해 아버지는 우리 형제들을 불러놓고 상자를 내렸다. 눈과 귀가 모두 아버지 손길을 따라다녔다. 고요하고 행복한 침묵만 흘렀다.

설 선물보다 상자의 깊이가 나는 궁금했다. 아버지 손이 깊숙이 내려갔다 올라오면 포장하지 않은 선물이 나왔고 박수와 환호도 함께 커졌다. 형제가 많았기에 막내인 내 차례가 오기까지 기다리는 동안 아버지는 가장 멋진 마술사였다. 선물로 받은 양말을 안고 설 아침을 기다리는 섣달그믐 밤은 춥고 길었지만 행복했다. 잠결에 눈썹 센다는 말도 야광귀신 얘기도 가물가물 들렸다.

나도 아버지같이 설 명절 선물을 준비하는 나이가 되었다. 아름다운 기억은 다시 돌아가고 싶다. 그래서 준비하는 선물이 덕담 봉투다. 세뱃돈 넣은 봉투에 새해 덕담을 손 글씨로 쓴다. 덕담을 간결하고 새해 소망하는 마음을 담는다. 소박한 내 정성이다. 처음에는 덕담 봉투에 적힌 글을 읽을 때 쑥스러워하더니 지금은 자연스럽다.

지난해 동서도 덕담 봉투를 준비했다. 그런데 모두 표정이 이상하다. 뭐지? 눈빛으로 물어본다. 연이어 서로 덕담 봉투를 곁눈질하기도 하고 바꿔보면서 어수선하다. 덕담을 영어로 썼다. 어른들은 실력을 알아보자며 재촉하고 자식들은 원망에서 애원으로, 다시 응석 부리며 쓴웃음만 짓는다. 당황스럽고 난감한 일이 되었다. 일이 커지자 동서는 좌불안석이고 바로 통과한 딸은 여유롭다. 나머지는 함께 머리를 맞대었다. 한참 지나서야 덕담 봉투를 모두 읽었는데 웃음이 끊이지 않았다. 가족이 모여 큰 소리로 웃어보기는 부모님이 돌아가신 이후 처음이다. 올해 덕담 봉투는 수준을 고려할지, 한글로 쓸지 궁금하고 기다려진다.

새해 아침 차례를 지내면 선산으로 간다. 그곳에서 사촌들을 만난다. 자손이 많아서 아이들은 또래끼리 뛰어놀고 시집와서 동서가 된 여자들은 세월이 흐를수록 정이 도탑다. 남자들도 마냥 좋다. 웃음소리가 높았다가 사라지고 또 울려 퍼지면서 설날의 선산을 깨운다. 할아버지 자손들이다. 함께 모여 인사하고 웃음으로 성묘하니 좋은 날이다. 선산은 부모님이 계셔서 또 다른 고향이 되었다.

시대가 변화하면서 명절 모습도 변하고 가족 의미도 달라졌다. 전통적 가족이 핵가족으로, 지금은 딩크족이 늘어나면서 인구절벽 위기를 맞고 있다. 반면 애완동물을 키우는 딩크펫 가족은 늘어나는 추세다. 싱글맘, 싱글대디, 비혼맘非婚+mom까지 가족이 해체되고 재탄생되는 지금, 선산에서 생명의 뿌리를 찾고 일가一家가 모여 함께 할 수 있는 것은 부모님이 주신 명절 선물이라고 생각한다.

떡국을 먹으면 나이 한 살 더 먹는다는 말이 있다. 작년의 잘못을 반성하고 새해는 좀 더 어른스러운 사람이 되자는 의미라고 한다. 올해 설 명절 떡국은 의미를 부여하지 않아도 될 듯싶다. 평창동계올림픽이 뜨겁다. 스포츠로 세계인의 마음이 하나가 되었듯 한 마음으로 염원하고 응원하는 흥겨운 설 명절이기를 기대해본다.

이게 얼마예요

서점 가는 일이 즐거웠다. 책 냄새가 좋았다. 그곳에 있으면 알 수 없는 누군가에 의해 미지의 세계로 미끄러졌고, 이끌림은 황홀했다. 이대로 책 속에 갇힌다 해도 행복할 것 같았다. 시간이 멈추고 시·공을 넘나드는 곳, 나를 변신시키는 마법의 장소, 가끔은 얇은 지갑을 열어 책을 사는 기쁨에 자주 들렀다.

남편은 책을 사오면 비싼 휴지 사 왔다고 눈총준다. 책 읽는 모습을 보여 준 적 없으니 맞는 말이다. 읽기보다 곁에 두고 보는 것으로, 조금씩 쌓이는 높이로 흐뭇했다. 책은 세련된 가구보다 더 멋졌고 내 지적 취미의 자랑이었다.

문학 모임에 신입회원이 들어왔다. 자신을 소개하는데 시집이 이백 권쯤 된다고 한다. 그 정도면 나도 있다 싶어 별거 아닌 것을 자랑하는구나, 은근히 거슬렀다. 집에 와 세어보니 이백 권은 커녕 그 반도 되지 않았다. 그날부터 이백 권을 목표로 시집을 사고 읽었다. 몇 달 후 그녀와 같이 앉게 되었는데 입회 후 더 많은 시를 읽고 있다며 시집도 권해주었다. 나는 또 그녀 독서량에 기가 죽었다. 후배에게 지기 싫었다. 읽지도 않으면서 사놓고, 질투 때문에 읽다 보니 손에서 책이 떠나지 않았다. 시를 읽게 하고 서점으로 이끈 것은 그녀 역할이 크다.

나에게 책은 자존심이고 삶이다. 주방 한 켠 좁은 서재는 남루한 살림을 감싸주었다. 집 안 내가 앉는 곳은 몇 권 책이 놓였다. 오며 가며 쳐다보고 어질러진 책으로 지저분해도 좋았다. 그 위 새까만 먼지까지 세월이 되었다.

나는 꾸준히 책을 샀다. 책꽂이도 사야 했다. 넓은 공간도 필요했다. 책을 들여놓기 위해 가구를 버렸다. 그때까지도 책은 내 몸 일부처럼 소중했고 아름다웠다. 책 베고 누워 하늘 보고, 책 덮고 낮잠 자고, 책 읽다 음식 태우고, 책이 읽고 싶어 외출하지 않았다. 먼 그리움의 그림자를 좇는 짝사랑이었다.

그리움의 욕망은 욕심이 되었다. 벽을 장식하는 인테리어일 뿐 읽지 않는 책이 쌓였다. 책을 사지 않아도 지인들이 보내오는 책이며 동인지로도 허영의 높이를 채웠다. 보여주기 위한 책이 쌓이는 만큼 불편한 양심의 무게도 같이 올라갔다. 필요한 책을 찾으려면 많은 시간을 소비했다.

나뒹굴듯 어질러진 책을 정리하기로 했다. 낡은 집을 해체하듯 내 책도 하나씩 밖으로 나갔다. 오래된 먼지도 함께 날랐다. 책을 사기 위해 소비를 줄였던 시간도 보냈다.

이름이 생소한 작가 사인의 책은 기억을 되짚게 한다. 그와 관계가 책 속에 멈췄다. 무슨 이유로 샀는지 모르는 것들도 있다. 취미로 보기는 고급이어서 내 것인데도 낯설다. 버리려다 다시 꽂아놓고 엉겁결에 휩쓸려 간 것도 있다.

한참을 정리하다 보니 손끝이 까맣다. 손바닥도 거칠거칠하다. 책도 버려지는 감정을 느끼나 보다. 베기도 하고 긁기도 한다.

얼마나 버렸을까. 나를 지켜본 듯한 행동으로 경비아저씨가 왔다. 그는 창고에 쌓인 책을 보면서 눈이 휘둥그레졌다.

"이게 얼마예요?"

책 한 권의 값과 버려진 책을 셈 했나 보다. 급하게 안으로 들어가더니 여기저기 뒤져보고 펼쳐본다. 정말 버리는 것인가 확인하듯 나를 본다. 아직 버려야 할 책이 더 있다고 하면 궁색해 보이는 내 차림을 더 이상하게 생각할 것 같아 말없이 돌아섰다. "아이고, 대체 이게 얼마야." 그의 소리가 내 등 뒤를 따라와 쏘았다. 아깝다는 것인지, 조롱하는 건지 알 수 없어서 순간 멈칫했다. 잘못 버린 휴지처럼 도로 주워야 할 것 같아 불편했다.

그러면서 나에게 반문한다. 얼마냐고? 내 열정의 시간이, 문학이, 버리는 책이, 폐휴지로 받을 값이?

날, 닮았어

온 누리가 꽃 잔치다. 유채꽃인가 다가서면 애기똥풀 꽃이 웃고 땅바닥에 납작 엎드려 핀 토끼풀꽃, 민들레 홀씨가 날아가는 저편에 불두화가 환하다. 이팝나무 꽃잎 사이로 단풍나무 꽃이 보인다. 단풍나무도 꽃이 핀다는 것을 안 것은 최근이다. 이파리 아래 대롱대롱 매달려 있어 꽃이라기보다 열매에 가깝다. 그러나 콩 꼬투리 같은 모양이 선홍색으로 물들면 붉은 나비 떼가 춤추는 것처럼 황홀하다. 붉은 색이 꽃이다.

봄과 여름의 경계가 모호한 올해, 꽃만 보면 계절을 느끼기 어렵다. 그래도 한꺼번에 핀 꽃 때문에 보는 재미가 더하다. 꽃이 좋아진다고 하니 늙어가는 거라고 한다. 꽃그늘 아래서 정담을 나누다가 이게 웬 소리냐며 뒤로 물러나면서도 마음은 그래 맞아, 끄덕였다.

꽃을 좋아하는 마음은 친정엄마를 닮았다. 우리 집은 온통 꽃밭이었다. 담 밑 자투리땅까지 꽃을 심어 가꾸면서도 들에 예쁜 꽃이 있으면 꺾어오셨다. 엄마가 들고 다니던 망태기는 항상 꽃이 담겼다. 가장 기억에 남는 것은 멍석딸기다. 잘 익은 멍석딸기를 넝쿨째 꺾어오셨다. 넝쿨에 주렁주렁 매달린 탐스러운 딸기와 까실까실한 잎 감촉은 지금도 살아 있고, 입안에 단맛이 고인다. 내가 작가가 될 수 있었던 것도 어린 시절 뛰어놀던 자연과 감성이 풍부한 엄마 영향이 크다.

몇 년 전 친정집 물건을 정리하다가 예전에 쓰던 접시를 가방에 넣었다. 집에 오는 내내 그릇의 무게는 쓸모없는 것을 가져오는가 싶었다. 오자마자 가방부터 열었다. 그릇 뒷면에 '조'라고 쓴 엄마 글씨가 보였다. 마을에 큰일을 치를 때 바뀌지 않도록 표시해 놓은 글자다. 그동안 수없이 쓰고 듣던 내 성姓, '조'를 엄마 필체로 읽으니 뭉클했다. 뿌리에 대한 책임과 자부심도 생겼다.

접시에 묻은 묵은 때를 닦았다. 청잣빛이 은은하게 빛난다. 깨끗한 풀잎이 떠오른다. 투박한 모양도 정겹다. 문양도 있다. 꽃이다. 만져보면 돋은 부분이 살아있는 꽃잎같이 부드럽다. 국화꽃 같기도 하고 족두리 꽃인가 살펴보면 곡식 꽃 같다. 엄마는 꽃 그릇 위에 반찬을 놓으면서 마음도 꽃처럼 피었을 것이다.

지금은 내가 엄마처럼 산다. 꽃 가꾸는 것을 좋아하고 생활용품도 거의 꽃 그림이다. 어떤 날은 꽃 때문에 어지럽다. 가는 곳마다 꽃을 보고 왔는데 집안 곳곳도 꽃으로 가득하다.

동화 ≪대단한 방귀≫ 주인공은 시도 때도 없이 나오는 방귀로 고민이다. 엄마는 방귀로 찢어진 바지를 꿰매느라 얼굴빛이 파랗다. 천재 박사는 천연가스 로켓을 발명한다. 우주 탐험을 위한 강력한 천연가스가 필요하다는 뉴스를 보고 박사님을 찾아가서 주인공은 방귀를 맘껏 뀐다. 그리고 천연가스 방귀로 우주를 탐험하고 돌아온다. 주인공의 대단한 방귀 힘을 보면서 엄마는 감추었던 속내를 드러낸다.

"역시, 날 닮았어."

자신을 닮은 방귀를 응원하는 엄마 마음을 읽으면서 만약 엄마도 살아계시면 나에게 같은 말을 하지 않으셨을까, 생각해 본다. 그 말이 아니어도 좋다. 목소리가 듣고 싶다.

집에는 같은 책이 있다. 한 권은 내가 사놓은 책이고, 또 한 권은 딸이 사다준 책이다. 윤오영 선생님의 ≪곶감과 수필≫로 작품 중 가려 뽑고 어려운 한자말을 우리말로 개정하여 산문선을 발간했다는 소식을 듣고 샀다.

딸은 대학 다닐 때 독서대축제에서 사 왔다. 내가 좋아하는 작가이고 은사님인 정민 교수가 편집을 맡아서 믿음이 갔다고 했다. 우리 둘은 책 제목을 본 순간 감전된 듯 했다. 마음에서 이는 불꽃은 감미로웠다.

"역시, 날 닮았어."

내 책상에서 가장 잘 보이는 곳에 나란히 꽂아놓고 딸을 생각한다. 각기 따로인 것 같지만 소소한 하나에서 나와 닮았다, 라고 느끼는 순간 외롭지 않다. 취향이 같으면 행복하고 행동을 같이 하면 힘이 된다. 그러나 성격이 닮아 가끔은 부딪쳐도 "날, 닮았어." 듣고 싶고, 하고 싶은 말이다.

오래된 것이 좋은 것이여

오랫 동안 쓴 소파를 천갈이 하려고 수선 집에 보냈다. 쿠션이 없어지니 이빨 빠진 맹수가 입 벌리고 있는 것처럼 허우대만 멀쩡하다. 그런데도 습관처럼 앉았다가 등받이가 없어 뒤로 넘어지고 높이도 낮아져서 땅으로 내려앉는 기분이다. 목재라서 단단하다. 자칫하면 다칠 수도 있다. 용도가 사라진 소파가 자꾸 거슬린다.

우연이었다. 소파에 오래 앉아 보았다. 딱딱하고 차가운 처음 느낌과는 달리 끌림이 있다. 등도 깊숙해서 편안하고 나무에 기댄 듯 아늑했다. 높이가 낮아져서 앉고 일어설 때 불편할 뿐 나무 질감의 여운이 오래 남았다.

여름에는 더 좋을 것이다. 시각적으로 시원하고 나무의 찬 기운은 바람 역할을 할 것 같다. 누워봤다. 상쾌하다. 고향 집 마루가 생각났다. 엄마 손길로 반들반들한 마루도 이런 느낌이었다. 피곤할 때 소파에 누우면 어린 시절을 꿈 꿀 것 같다. 생각만으로도 행복하다. 이대로 사용해도 괜찮겠다 싶어 애정의 눈길로 바라보니 새로운 소파가 되었다.

소파를 찬찬히 살펴보면 크고 작은 흠집과 얼룩이 많다. 눈에 보이는 날은 신경 쓰이고 알면서도 무심해지면서 정 들었다. 가족들은 오래된 것에 괜한 욕심을 부린다며 핀잔이다. 천갈이 하는 곳에서도 같은 말을 들었다. 그러나 겉으로 드러난 궁색함보다 소파와 함께 한 지난 시간도 소중했다.

친정엄마가 쓰던 이층 농은 고가구다. 오래 사용한 만큼 낡고 변형되었다. 목수를 집으로 불러 만든 혼수품 농은 엄마 자존심 같은 존재였다. 그래서 오빠네 집으로 합가하면서 많이 망설이셨다. 문짝 하나는 떨어지고 니스를 덧칠해 검게 변한 농을 아파트로 들이고 싶지 않은 오빠와, 가져가고 싶은 엄마 고집 사이에 좋은 방법은 내 집으로 가져오는 일이었다. 나도 엄마가 쓰던 것이 아니라면 버리고 싶을 만큼 볼품없어서 베란다 깊숙이 밀어 넣었다.

엄마가 돌아가신 후 농이 다시 보였다. 엄마 유품이 되어버린 농을 버릴 수 없었다. 고가구 수리하는 곳에 맡겼다. 원형을 그대로 보존하기 위해 농 조각 하나하나씩 분리하여 오랜 먼지를 털고 니스를 벗겨서 나뭇결을 찾아 본연의 모양이 되기까지 반년 시간을 기다렸다.

농이 왔다. 포장지를 벗기는데 온몸이 후끈거렸다. 높은 파도가 후려치듯 손도 흔들렸다. 먹먹한 가슴을 쓸어내린 후 맞이한 농은 처음 보는 것처럼 새롭고 아름다웠다. 엄마 생각에 눈물이 났다. 생전에 수리했으면 얼마나 좋았을까. 엄마 환한 웃음이 생각나서 슬펐고 오래되었다고 방치한 시간이 후회되어 서러웠다.

농 하나로 집안이 고풍스러워졌다. 장식을 줄여 나뭇결의 여백을 살렸고, 깨끗해진 백동장식은 우아하다. 농의 백미는 문판이다. 거울이 있는 2층 문 보름달은 양각기법으로 생생하게 살렸는데 만져보면 평면이다. 보름달은 낮에도 밤 정취에 젖게 한다.

1층 문판은 자개로 장식했다. 기암절벽 아래 나룻배가 한가롭다. 사공은 반달과 마주보며 서 있다. 봄날의 밤일까. 훈풍에 이끌려 노를 저은 사공은 절벽 아래 달그림자 속으로 들어온다. 달빛은 희미하고 농익은 배꽃 향기는 물결을 따라온다. 문판의 산수화를 보며 상상하는 감상도 재미있다.

농을 바라보는 시간이 많아졌다. 서랍 손잡이는 박쥐 모양으로 장식했다. 박쥐는 한자로 쓰면 蝙蝠이다. 蝠이 福과 닮았다 하여 부귀와 행복을 의미한다고 한다. 최근에는 이육사 선생의 친필원고 〈편복蝙蝠〉이 문화재로 등록 예고됐다. 편복은 일제강점기 우리 민족의 현실을 동굴에 매달려 살아가는 박쥐에 빗댄 작품으로 선생의 시 중 가장 중량감 있고 훌륭한 작품 중 하나로 평가받는다는 기사를 읽었다. 〈편복〉은 일제의 사전 검열에 걸려 발표되지 못하다가 해방 후 발표되었는데 친필 원고를 갖고 있던 후손이 기증했다고 한다. 기사를 읽은 이후 농 서랍을 바라보는 마음이 달라졌다.

나는 서랍을 좋아했다. 네 개 서랍을 하나하나 열어보면 신기한 것들이 많았다. 열고 닫을 때 소리도 좋았다. 호기심으로 열고 비밀을 감추기 위해 닫고, 무언가 탐내어 다시 열면서 서랍은 비워지고 채워졌다. 그때는 손잡이가 박쥐모양인 줄 몰랐다. 날개를 편 네 마리 박쥐에서 힘찬 기운을 받는다.

농에서 제일 놀라운 발견은 경첩 사이 하트모양이다. 경첩의 여백을 하트로 새겨 아름답게 했고 백동은 은은한 빛으로 하트를 감싸고 있어 고상하다. 볼수록 이끌린다. 당시에도 장식 모양을 하트로 사용한 것이 놀랍고 하트 의미를 엄마는 알았을까, 궁금하다.

농에는 집안의 가풍과 부모가 염원하는 마음이 담긴다. 엄마 농도 거울에는 장수와 다복을 기원하는 글을 새겨놓았고 열쇠 잠그는 부분 장식은 구름이다. 구름은 풍요로움을 상징한다. 잘

살기를 축복하는 농장식이 주는 의미는 깊고 무한하다.

붉은 빛이 도는 갈색 농은 볼수록 단아하다. 엄마 마음도 와 닿는다. 옛것은 유행이 지나 더께만 쌓이지 않는다. 추억과 그리워하는 사람과 돌아가고 싶은 시간이 존재한다. 오래된 것이 좋은 이유다.

돈

생이 얼마 남지 않았음을 안 시어머니는 병원에 입원할 때 돈뭉치를 가져오셨다. 잃어버릴까 두려웠는지 내복에 주머니를 만들어 감추고도 옷핀으로 고정했다. 아무도 볼 수 없는 돈은 노잣돈이라 했다. 돈이 얼마인지는 어머니만 알았다.

간호하는 사람이 전하는 말은 화장실에 가서 오랫동안 나오지 않아 들여다보면 돈을 세고 계신다고 했다. 손안에 다 쥘 수 없을 만큼의 양이란다. 어머니는 혼자 있는 곳에서 돈을 세어보고 확인하며 안심하였을 것이다. 돈에 대한 집착과 의심도 많아서 속옷을 갈아입을 때면 아무도 못 보게 할 정도였다. 그런 어머니께 내가 해드리는 일은 내복마다 주머니를 만드는 일이었다.

그 돈에 가끔은 나도 욕심이 생겼다. 혹시 갖고 계시다가 내게 주지 않을까, 은근히 마음을 떠보기도 하고 어설픈 애정표현도 해보았지만 한결같은 마음은 당신 노잣돈으로만 쓴다고 했다.

어느 날 일이 생겼다. 어머니는 옷을 갈아입기 전 아무도 모르게 돈을 감췄다. 그 돈이 생각난 것은 옷을 세탁하고 말릴 만큼 긴 시간이 지난 후였다. 어머니의 의심과 분노는 식음 전폐로 이어졌고 온몸을 떨었다. 모두 의심의 대상이 되었다. 가장 유력한 의심 대상은 나였다. 내가 돈을 탐내서 가져갔다고 떼쓰셨다. 돈 액수를 알면 드리고 싶은 심정이었다. 얼마였냐고 여쭙는 말조차도 의심의 눈초리로 쏘아봤다. 모두 죄인이 된 기분이었다. 병원에서는 묶어서 버린 쓰레기봉투까지 뒤지고 빨아놓은 환자복 주머니며 퇴근한 직원까지 호출됐다.

그러나 돈은 아무 곳에도 없었다. 어머니는 실의에 차 눈물을 흘렸다. 휴지가 필요했다. 침대 곁에 있는 휴지를 꺼내려고 곽을 만지는데 묵직한 것이 느껴졌다. 돈은 그곳에 있었다.

그 날 이후 어머니 돈뭉치는 조금씩 얇아졌다. 병문안 오는 가족들에게 나눠줬다고 하셨다. 노잣돈이 아닌 것과, 곁에서 병간호하는 나는 주지 않은 것에 대해 서운한 감정을 느끼셨는지

"너는, 우리 식구잖니."

하신다. 식구끼리 돈은 필요하지 않다. 돈은 남들과 거래 수단이

다. 돈과 구분 없는 무구無垢한 관계가 식구고, 식구는 한 몸이다.

손수건으로 동여매어 놓은 나머지 돈을 나에게 주면 어쩌나, 이젠 두려워졌다.

교단 일기

교단일기라 했지만 방과 후 학교 독서·논술 시간에 만난 학생 중 기억에 남는 일을 적어본다. 애정이기도 하고 진술이기도 하다. 최근의 일부터 정리한다.

너는 에디슨

순호는 1학년 남자아이이다. 우리는 일주일에 한 번 2시간 만난다. 성격이 급하고 활달하다. 잠시도 쉬지 않고 몸을 움직인다. 같은 시간 운동장에서는 축구부가 수업한다. 몸도 마음도 운동장에 있다. 수업 시작해도 오지 않으면 2학년 누나가 슬며시 자리를 뜬다. 순호를 데리러 가지만 얼굴만 붉어져 온다. 싸웠을 것이다.

창밖으로 순호 머리가 보였다 사라졌다 한다. 교실까지는 왔는데 들어올 용기가 나지 않는 모양이다. 나와 눈이 마주쳤다. 나도 그 애도 서로를 안다. 팽팽한 감정의 긴장감이 흐른다. 이해하는 것이 먼저인지 수업이 먼저인지 고민이다.

순호를 만나는 월요일이다. 얼굴이 이상하다. 입 주변에 동그란 갈색 자국이 짙다. 무슨 일인가 물으니 순호 누나가 말한다. 정리하면 이렇다. 할머니는 순호 앞에서 부항을 자주 떴다. 호기심 많고 궁금한 것을 참지 못하는 순호는 며칠 전 누나 엉덩이에 연습해 봤다. 그리고 어제 식구들이 잠들기를 기다렸다가 자신의 입술에 부항을 떴다.

입술 주변의 동그란 자국이 순호는 개구쟁이, 라고 표식해 놓은 것 같아 안쓰러우면서도 자꾸 웃음이 나왔다. "아프지 않니?" 대답은 하지 않고 두 손으로 입을 가리며 피한다. 작은 손이 아기 같다. 산만하고 딴 짓만 하여 많이 혼냈는데 내 눈높이로만 생각했다.

"순호야, 너는 에디슨이야."

내 말은 진심이고 미안하다는 말이기도 하다.

파리가 무섭다고요?

파리 한 마리가 교실에 날아다닌다. 창문을 열어놓은 사이 들어왔나 보다. 아이들은 파리가 어디에 있는지 잘도 안다. 천장에 있다고 했다가 금방 날아갔는데 교탁 앞을 지나갔고 지금은 복도 쪽 노란 파일 위에 앉았다고 한다. 정훈이가 잡겠다고 일어서자 아이들이 덩달아 일어나면서 교실은 아수라장이 되었다. 사실 파리를 잡는다는 것은 핑계고 공부가 하기 싫은 것이다.

밖은 가을빛이 한창이다. 창문을 열면서 본 단풍나무 잎이 햇살을 받아 주홍빛으로 타고 있었다. 솔직히 나도 마음은 가을볕을 쬐고 있었다. 파리는 우리 마음을 잘 알고 있다는 듯 이리저리 시선을 옮겨 놓는다. 괴성을 지르는 여자아이도 있다.

안 되겠다 싶어 내가 파리를 잡기로 했다. 파리채가 없기에 넓적하고 단단한 책을 들었다. 파리가 앉은 곳으로 다가갔다. 모두 한마음이 되었다. 하나, 둘… 속으로 세며 다가서는데 날아갔다. 용사를 기대했던 아이들의 실망스러운 탄식이 쏟아졌다. 눈빛도 이상하다. 술렁이는 분위기를 반전시킬 방법을 찾아야 했다.

"선생님은 파리가 무·서·워요. 못 때리겠어요."

그런데 반응이 없다. 썰렁하다.

윤혁이가 벌떡 일어났다.

"그런데요 선생님, 파리는 못 때리면서 저는 왜 때리셨어요?"

교실 분위기가 무거워졌다. 며칠 전 공기놀이에 자신 있던 윤혁이는 나와 대결을 신청했다. 벌칙도 그 애가 정했다. 속으로 나를 이기고 딱밤을 때리고 싶은 상상은 빗나갔다. 연거푸 져서 딱밤은 그 애가 맞았다. 그날 일을 마음에 담아둔 모양이다. 나와 눈이 마주치자 미안한지 머리를 긁적인다. 눈빛이 맑고 순하다. 솔직한 말은 나를 믿고 좋아한다는 것이다. 한 번쯤 져줄 것을…. 미덕이 부족했다.

선생님 비웃으세요?

민채는 엄마 없이 할머니와 산다. 항상 종달새처럼 조잘댄다. 만나자마자 쪽지 시험을 봤다며 울상이다.

"선생님, 선생님 저 수학시험 20점 맞았어요."

조그만 입을 더 오므리며 시험지를 보여준다. 공부하지 않아서 그런 점수를 맞았다는 말이 끝나기도 전에 실소失笑가 나왔다. 평소보다 소리도 컸다. 아차, 싶은 순간 민채의 눈이 동그래지며 쏘아본다.

"선생님 비우스째요?"

민채는 1학년이다. 정확한 발음이 아닌 응석 섞인 비음으로 말한다. 그럴 때마다 나는 안아준다. 키가 작은 그 애는 두 손을 올려서 내 허리를 잡는다. 발음을 정확히 하는 것이 좋다는 내 말에 "저는 엄마가 없쩌서 그래요." 귀엣말로 말해준 아이다. 민채의 믿음에 상처를 준 웃음이 아픔으로 남아 있다.

"미안, 민채야. 조심할 게."

정말, 미안해

영훈이는 1학년 남자다. 키가 작고 내성적이어서 친구들과 어울리지 못한다. 뒤에 혼자 앉는다. 앞으로 오라고 해도 항상 같은 자리에 앉는다.

2학기가 되었다. 영훈이 자리는 변함없다. 나도 교내 학습발표회 준비로 분주했다. 방과 후 수업은 주어진 과제를 완성하려면 빠르게 수업을 진행해야 한다. 학생들과 개인적인 이야기 나누는 시간을 줄였다. 그날도 여유가 없었다. 수업 중에 하나, 둘 코를 막으며 얼굴을 심하게 찡그린다.

"선생님, 우유 썩는 냄새가 나요."

가끔은 보이지 않는 곳에 며칠씩 놓아둔 우유가 썩거나 흘린 자국이 남아서 냄새가 나기도 한다. 오늘따라 예민하구나 생각하며 말을 흘렸다. 잠깐 시간이 지났다. 가까이 앉은 여자아이가 비명을 질렀다. 동시에 영훈이가 소리 높여 울었다. 달려가 보니 똥을 조금 쌌다. 엉거주춤 서 있는 영훈이 곁으로 몰려들고 몇몇은 밖으로 뛰쳐나갔다. 두려움에 떨며 우는 영훈을 나는 안아주지 못했다.

그날 둔한 후각과 이기적인 행동은 오랫동안 나를 괴롭혔다. 영훈이가 앉았던 자리는 빈자리가 되었다. 내가 관심을 가졌더라면, 아이들 말을 귀담아 들었으면, 마음이 급하지 않았다면 울음은 덜 서러웠을 것이다.

미안하다는 내 말에 진심이 담겨 있었을까. 책임 회피나 변명으로 말하지 않았을까. 미안하다고 사과하는 말이 오히려 상처가 되고 나는 비열했다.

다시 시간이 그 날로 돌아간다면 진심으로 영훈이를 안아주고 싶다. 냄새는 두렵지 않다. 존중하고 사랑하고 있다는 것을 느낄 수 있다면.

지금은 겨울방학이다. 새 학기가 되기까지 기다리는 동안 많이 그립다. 글을 쓰는 이 순간도 보고 싶다. 솔직히 고백하면 학교에서 만나는 학생들 모두가 내 삶의 원동력이 되었다. 고맙고 사랑한다.

무심천은 흐르고

글 제목으로 〈무심천은 흐른다〉라는 제목이 어떤가 물으니 압록강은 흐른다〉와 유사하여 신선하지 않다고 한다. 나도 같은 생각이어서 고민하겠노라 했다.

며칠이 지났다. 제목을 바꾸었는지 먼저 물어왔다. 그대로 하고 싶다고 하니 이유를 물었다. '압록강'은 작가가 조국 광복을 위해 떠나는 기개의 물줄기라면, 〈무심천〉은 내가 사는 고향의 물을 묘사하는 것이라고 답했다. 하지만 개운하지 않았다. 과연 나는 무심천을 고향으로 생각하고 있는가에 대한 답을 찾지 못하고 있다.

무심천을 생각하면 '무심천 백일장'이 먼저 떠오른다. 1회로 끝난 백일장이 나에게 글 쓰게 된 계기가 되었다. 1993년의 일이다. 청주로 이사 와서 정 붙이지 못하고 살던 때라 모든 것이 낯설었다. 말벗할 친구도 없어 외로웠다.

봄날이었다. 무심천을 지나는데 백일장 현수막이 보였다. 호기심에 참여한 그 날 글제는 '고향'이었다. 청주에 살지만 늘 떠나기를 꿈꾸는 심정과 무심천 물을 바라보며 살고 싶은 소회를 썼다. 글은 장원이 되었다. 사람들 눈으로, 언론사로 내 글이 발표되면서 주목받게 되자 나는 이삿짐을 싸던 마음을 하나씩 풀어놓았다.

나는 청주에서 어디가 제일 좋으냐고 물으면 서슴지 않고 무심천이라고 답한다. 출퇴근도 무심천의 물줄기가 보고 싶어 하상도로로 다닌다. 점심시간 무렵 출근길은 한적하다. 속도를 늦춰도, 주변에 깜빡 취해도 뒤차에 영향을 주지 않는다. 가끔은 오롯한 나만의 길이 되기도 한다. 사천동에서 분평동까지 가는 동안 무심천 물을 즐긴다.

늘 바라보지만, 물빛은 계절에 따라 변하고 물무늬도 다르다. 물빛은 초봄이 가장 깊고 맑다. 물빛 그늘로 오리도 와서 놀고 커다란 날개를 접고 앉은 흰 새도 보인다. 강태공 낚싯대도 여유롭다. 마음도 물도 '무심'이 된다.

지난겨울은 무릎 통증으로 힘겹게 보냈다. 추위가 시작되면 잠깐 겪는 일인데 이번은 여러 날 계속됐다. 가까운 약국에 갔다.

무릎을 보자고 하여 보여주니 살짝 놀라는 표정이다. “상처가 깊었겠어요.”

장애인 체육대회가 청주에서 열렸다. 그해 가을은 상류에서 많은 물을 흘려보내서 평소보다 깊었다. 물도 맑았다. 그즈음 지인들과 어울리며 술 마시는 걸 즐겼다. 그날도 행사가 끝나고 서문시장 근처에서 늦도록 놀았다. 시인이 되고 싶었지만 수필가가 된 A 선생, 자신은 글쓰지 않으면서 글에서 뉘만 골라내는 K 선생, 노벨문학상 수상 소감을 미리 써놓았다는 목소리가 큰 시인 L 선생, 만나면 주제는 사랑이었다. 그날도 갑론을박하다가 무심천에 가자는 생각이 일치되었다.

서문다리 아래서 서원대 쪽으로 걷는데 보름달은 밝고 주위는 고요했다. 바람도 훈훈했다. 물소리가 가깝게 들렸다. 앞서 다리를 건너던 A 선생이 물속으로 들어갔다. 취기로 갈증을 느끼던 나도 물속에 들어가고 싶었다. 다리를 건너려다 물이 깨끗하여 깊이를 가늠할 수 있었다고 생각했다. 그대로 뛰어내렸다. 바닥은 돌이었고 깊었으며 나는 술에 취해 있었다.

순간이었다. 피가 끝도 없이 흘렀다. 휴지로 손수건으로도 되지 않아 옷을 벗어 다리를 감쌌다. 상처는 욱신욱신 쑤시고 몸은 추웠지만 지혈밖에는 할 수 있는 게 없었다. 잔뜩 상을 찡그리고 있는데 K 선생이 흐느꼈다. L 선생도 훌쩍 콧물을 찍어냈다.

나는 정말 아팠지만 참았다. 놀라서 우는 마음이, 상처 입은 나보다 더 아파 보여서 쓰린 침만 삼켰다. 달빛도 구름으로 숨고 물소리도 숨을 죽였다. 모두가 정지된 것 같은 곳에서 밤은 더 깊게 흐르고, 무심천은 더 깊게 물길을 내고, 내 무릎의 상처도 안으로 깊게 스며들었다. 그래도 무심천은 여전히 아름다웠다.

맑은 눈을 가졌으면 물 위에 떠 있는 것도 보았을 보름달 빛의 정취를 이후 본 적 없다. 내 무릎 상처도 꽃이 피고 지기를 거듭하면서 아물었다. 그리고 늙는 건지, 무릎 통증이 그리운 시간을 묻는다.

무심천 물은 오늘도 길을 낸다. 억새가 정리된 강가는 넓고 세월 감은 물이끼는 물살을 위로 올린다. 세상은 빠르게 변하지만 무심천은 無心하다.

축문祝文 쓰기

오래 보관해 온 물건의 포장지를 풀던 날은 어머님 첫 기일을 앞두고였다. 누렇게 변한 포장지는 단단하게 붙은 것도 있고 만지자마자 조각조각 흩어졌다. 묵은 종이 냄새도 났다.

어머님이 주신 소반小盤이다. 의아해하는 내 눈빛을 아시고 잘 갖고 있다가 아버님 제사에 사용하라고 하셨다. 당시 아버님은 오랜 병중이었다. 모두 지쳐 포기하고 있었지만 어머님은 달랐다. 정성으로 간호하면 회복될 수 있다는 희망으로 하루하루를 버텼다.

절대 흔들리지 않을 것 같지 않은 어머님이 손수 준비하고, 맏며느리인 내게 주신 의미가 무엇인지 알기에 소름이 돋았다.

죽음이란 말은 상상만 해도 무서웠다. 그래서였다. 가장 구석진 곳으로 밀어 넣은 건 소반을 꺼내는 시간도 그만큼 멀어지리라 생각했다. 빛도 들지 않은 곳에서 소반은 내 두려움과 어머님 회한이 한데 엉겨 마음 깊숙이 갇히는 동안 아버님은 차츰 회복되었다.

슬픈 일은 예기치 않게 왔다. 건강하던 어머님이 돌아가시고 며칠 후 아버님도 돌아가셨다. 아버님 제사에 사용하라며 주신 소반은 당신 제사에 먼저 쓰게 되었다. 포장지는 안으로 갈수록 뽀얀 속살을 드러내더니 부서지며 가볍게 날아오른다. 어머님 마음인 듯 허공을 돈다.

상상해 본다. 제사지낼 때 소반은 술과 잔을 놓는다. 아버님께 당신이 준비한 소반의 술을 올리며 아버님과 마주하고 싶었을 것이다. 고된 시집살이 얘기도 풀어놓고 살가웠던 애정을 보듬듯 다가갈 수 있는 가장 가까운 거리는 소반이 놓인 자리다. 초례청에서 아버님께 처음으로 받은 합환주처럼 기일의 술도 어머님이 준비한 소반으로 올리고 싶었을 것이다.

허망하게 시부모님을 보낸 겨울은 어머님 제사에 쓴 소반의 물기가 마르기 전 아버님 제사로 이어진다. 집안에 어른이 계시지 않아 제사는 그때그때 달랐다. 준비해놓은 제수음식을 올리지 않는가 하면 비슷한 것을 두 개 올리고 올리지 말아야 할 것도 놓았다.

제사 음식을 준비한 나는 그런 실수를 알지만 제사를 지내는 가족들은 몰랐다. 해가 거듭 될수록 우리 집 만의 제사 의식이 필요하다는 것을 느꼈다. 책이나 인터넷에서 정보를 얻고 지인들 말을 들어보아도 각기 달랐다.

그런데 통일된 것이 있는데 지방紙榜이다. 우리 집은 컴퓨터에서 인쇄하여 사용하고 재사용한다. 왜 소지하지 않은가 물으니 축문祝文을 읽은 후 소지하는데 우리 집은 축문 없이 지내니 소지는 하지 않는다고 한다. 전통을 중시하고 이어가고 싶었는데 우리 집에서도 사라지는 것이 아쉬웠다. "내가 한번 써 볼까?" 성급한 마음이 튀어나왔다.

팽팽하게 당긴 고무줄이 내 손등으로 내리치는 것 같은 순간, "작가답게 잘 써봐." 남편이 응수한다.

작가라는 말에 어깨가 무거웠다. 은근한 스트레스가 되었다. 가족에게 자존심을 지키고 싶었다. 한자를 풀이한 축문을 읽어보니 어렵기도 하고 이해되지 않는 것이 많았다. 읽는 동안 경직되었다. 옛것은 형식에 얽매이는 것 같고 새롭게 바꾸려니 격식을 훼손하는 것 같아 갈피를 잡지 못했다.

영화 〈7번째 아들〉에서 톰(벤 반스)은 스승인 퇴마사 그레고리(제프 브리지스)의 행동이 마음에 들지 않는다. 100년 만에 전

설 속 붉은 달이 뜨고 나타난 대 마녀 멀킨(줄리안 무어)를 퇴치해야 하는 과정에서 둘은 목적은 같지만 방법은 다르게 생각하고 있다.

그러나 스승은 톰이 세상을 구할 수 있고 자신과 함께 절대악과 싸워야 한다며 고집을 꺾지 않는다. 태어날 때부터 운명이 다르다는 것을 안 톰도 자신을 받아들이며 스승과 함께 괴물과 악령들에 맞서고 어둠에 맞설 기술을 전수받는다. 그리고 힘과 능력을 키운 톰은, 어둠에 강한 존재들과 맞서 싸운다.

세월이 흘러 늙은 스승은 톰에게 퇴마사 자리를 내어주며 긴 운명의 끈을 끊는다. "다른 것에 얽매이지 말고 네가 바라는 대로, 네 맘대로 살아." 절대 꺾지 못하던 관습을 버리고 새로운 방식을 인정하는 스승 마음이 되어보니 축문 쓸 자신이 생겼다.

축문이 완성되면 추신으로 남길 말이 있어 급해졌다. "아들아, 너는 제사를 지내지 않아도 된다."

기적은 곁에 있다

우리 집은 아파트 끝 층이다. 여름은 덥고 겨울에는 위풍으로 춥다. 추위는 보일러 온도를 높이거나 또 다른 난방기구로 따뜻하게 할 수 있지만 여름은 다르다. 자연 바람에 의존하는 건 한계가 있다.

더군다나 올해는 전기세에 누진제가 시행되어 에어컨도 맘대로 켤 수 없어 곤혹스러운 여름을 맞았다. 방편으로 농업용 그물막을 설치하기로 했다. 간격이 촘촘하지 않고 바람이 불면 날아갈 듯 가벼워 내키지 않았지만 먼저 설치한 사람이 온도가 어느 정도 내려간다고 하기에 믿기로 했다. 설치 이후 믿음 때문일까. 서늘한 기운이 느껴졌다.

더위가 절정으로 치솟아 연일 무섭게 기승을 부려도 참을 만했다. 옥상의 그물막 때문이라고 만나는 사람마다 자랑했다. 때마침 청주시에서도 버스정류장에 폭염 천막을 설치하여 시민의 편의를 돕고 있다는 소식을 들었다. 폭염천막은 반응도 좋고 모두 만족하여 더 많이 설치할 거라고 한다. 그늘이 없는 도시의 버스정류장에 천막으로 그늘을 만드는 아이디어가 신선했다. 고마운 소식은 소나기처럼 시원하게 들렸다. 그때마다 옥상에 설치한 그물막이 떠올랐다. 우리 집으로 쏟아지는 폭염을 막아주어서 고맙고 또 고마웠다.

맹위를 떨치던 더위도 조금씩 기운을 잃어갔다. 아침저녁으로 서늘한 바람이 불었다. 끝 층은 기온의 변화가 빠르다. 그물막을 철거하러 옥상에 갔다. 생각 같아서는 등이 있으면 톡톡 두드려 주며 마음을 전하고 싶었다. 안을 수 있다면 오래도록 안아주고 싶은 고마운 심정이었다.

그런데 웬일인가. 살인적인 더위를 막아줬을 거라 믿었던 그물막은 가운데가 찢겨서 양쪽으로 갈라져 있다. 구멍이 뚫린 것처럼 가운데는 텅 비어 있고 끈에 매달린 가장자리는 너덜너덜해졌다. 바람에 날려 뒹구는 것도 있다. 그물막은 제 역할을 하지 못했다. 순간 지난 더위가 한꺼번에 몰아치듯 온몸이 뜨거웠다.

모든 것은 마음으로부터 온다고 한다. 믿음의 확신은 물구덩이에서도 차가움을 느낀다. 미생은 송나라 사람이다. 그는 약속

지키는 것을 목숨처럼 생각하며 살았다. 어느 날 다리 밑에서 애인과 만나기로 약속한다. 하필이면 약속한 날 폭우가 내려 다리 위까지 물이 차올랐다. 그러나 애인과의 약속을 지키기 위해 다리 밑을 떠나지 않았다. 결국 빗물에 휩쓸려가 죽고 만다. 미생의 어리석은 죽음이, 그물막을 믿고 더위를 덜 느낀 내 마음과 겹쳐졌다.

얘기를 듣던 K 님이 소리 없이 웃었다. 웃음에는 하고 싶은 말이 있는 듯해서 물었다. 자신의 지금 나이는 '덤'이라며 속내를 풀어 놓았다. 그는 알코올 중독자였다. 직장에서 받는 스트레스를 술로 풀었고 한번 먹기 시작하면 소주병이 쌓일 정도라고 했다. 가족도 돌보지 않았다. 자신만을 위한 방탕한 삶은 오십 넘어 간암 진단을 받았다. 완치가 어렵다고 했다. 건강을 챙길 여유도 없이 일과 술만으로 살았기에 받아들였다.

그 무렵 아내와도 이혼하고 자식들도 각기 제 길을 찾아 떠났다. 그에게 제일 힘든 일은 반려견이었다. 가족은 그들의 방법으로 갖고 싶은 것과 나눌 것은 정리했지만 반려견은 아무도 원하지 않았다. 그가 맡게 되었다. 반려견이 곁에 있는 것이 싫지는 않았지만 좋지도 않았다. 먹이만 주고 외면했다. 그날도 술에 취해 잠들었는데 얼굴을 핥는 느낌에 잠이 깼다. 반려견이었다. 그를 바라보는 젖은 눈동자가 너무 슬퍼보여서 울컥했다. 끝난 삶이라고 생각했는데 그를 걱정하고 의지하는 반려견을 보면서 용기를 냈다.

술을 끊고 알코올 중독치료를 시작했다. 살아 있는 동안만은 예전과 다른 모습이 되고 싶었다. 치료 동기가 너무 비상식적이지 않냐며 물었다. 나도 반려견을 키운 적이 있기에 심정을 충분히 이해한다고 답했다. 동물에게 받는 감동과 애정은 사람과 차이가 있다.

지금 그는 생존 잔여기간을 넘기고 7년을 더 살았다. 생존 잔여기간을 넘겼으니 나이가 덤이라는 것이다. 알코올 중독도 완전히 치료되었고 사회생활도 가능하지만 병원에서 입원 치료 중이다. 담당 의사가 외출을 허락하는 날, 나와 만난다. 글쓰고 싶다고 한다. 알코올 중독의 피해와, 사회 편견으로 외면당하고 고통겪는 사람들에게 희망을 주고 싶은 것이 글쓰는 목적이다.

"덤으로 생각하는 내 삶이 우매한 만족인가요? 기적일까요?"

나는 대답 대신 책에서 읽은 김용택 시인의 말을 전했다. "지금이 좋은 것이 만족입니다." 지난여름 찢어진 그물막을 모르고 만족했던 나에게 내가 했던 말이기도 하다.

기억한다는 것은

노래 부르는 것을 좋아하여 뮤지션이 되고 싶은 나는, 가족에게만은 꿈을 숨긴다. 내 집에서 음악은 금기사항이다. 대신 가업으로 이어오는 구두장이가 되어야 한다. 내 할머니의 할머니, 고조할머니 코코의 아버지는 뮤지션이 되기 위해 가족을 버렸고 돌아오지 않은 것이 반대 이유다. 아버지를 기억하는 유일한 코코 할머니는 치매로 기억을 잃어간다. 가족에게 할아버지는 기억하고 싶지 않은 인물이고 처음부터 없던 것처럼 가족에게서 잊혀졌다.

멕시코에서는 '죽은 자의 날'이 있다. 후손들은 돌아가신 조상들 사진을 걸어놓고 추모하는 축제를 벌인다. 같은 날, 죽음의 세계에서도 축제를 벌인다. 후손들이 자신의 사진을 걸어야만 축제에 갈 수 있는 역에서, 내 할머니의 할머니, 고조할머니 아버지는 매년 자신의 사진을 걸어놓지 않는 후손 때문에 쓸쓸히 돌아선다.

나는 '죽음의 날' 축제에서 노래를 부르고 싶지만 반주해 줄 기타가 없다. 집에서 기타는 할아버지를 기억하는 물건이기에 숨겨 둔 지 오래다. 축제에서 노래 부르고 싶은 마음이 간절한 나는, 전설로 남은 가수의 기념관 기타를 떠올린다. 잠깐 빌려 쓰고 돌려주려 했지만 도둑으로 몰리면서 넘어지고 죽음의 세계로 들어간다.

축제 티켓을 구하지 못한 쓸쓸한 음악가와, 축제에 참가하지도 못하고 죽은 억울한 나는 운명처럼 조우한다. 노래를 좋아하는 공통점으로 친해지면서 나의 조상인 코코할머니 아버지라는 것과 죽음의 진실을 알게 된다. 할아버지에게 꿈을 허락받고 현실로 다시 오기까지 여정을 그린 영화 〈코코〉는 감정의 긴장과 이완을 반복하며 따뜻한 사랑으로 박진감 있게 이끌어간다.

만화 캐릭터 때문일까, 죽음의 세계는 어둡지 않았고 몸만 다를 뿐 현실 세계와 똑같았다. 사랑하며 그리워하고 질투와 미움으로 싸우는가 하면 음악을 즐기고 리듬에 맞춰 춤추며 즐겼다. 음악도 그들의 또 다른 삶도 경쾌하고 아름다웠다.

코코 할머니가 간직한 아버지 얼굴 사진이 가족에게 돌아오고 어렸을 때 아버지가 즐겨 불러주던 노래를 부르는 코코 할머니의 젖은 눈은 내 눈물이 된다. 아름다운 기억은 마지막 순간까지 함께하고 가족의 소중함을 알려준 영화다.

시인의 부음 소식을 들었다. 한동안 소식 없고 만나지 못했던 분이라서 부음조차도 낯설었다. 성이 같아서 쉽게 가까워진 그분께 조문 가지 않았다. 멀어진 시간만큼 어색해진 사이가 조문 앞에서도 핑계가 되었다. 그리고 한참 흘렀다. 불편한 마음 때문인지 자꾸 기억났다. 전화번호를 지워야겠다는 생각에 번호를 찾았다. 한때는 번호를 누르며 설레었던 마음도 있었고 정 깊은 목소리가 반가웠던 순간도 있었다. 나는 오랫동안이라고 생각했는데 전화번호는 010-으로 저장되었다. 내 기억과 저장된 번호와 시간은 무심한 만큼의 거리가 되었다.

무엇 때문에 소식이 끊겼을까, 지난 시간을 돌아보았다. 통화 버튼을 누르면 "야, 너…." 웃으면 더 작아지는 눈으로 내 이름을 부를 것 같다. 〈코코〉 영화처럼 아름답게 기억하는 내 마음이 멀리 간 J 시인에게 전달되는 영화 같은 꿈을 꿔본다. 다시 저장될 수 없는 번호, 숫자는 날아가고 이름은 남아 기억을 건드린다.

한 개 번호를 지우고 새로운 번호를 저장하는 핸드폰은 흐려지는 기억의 저장고다. 오래된 나무처럼 변함없는 번호가 있는가 하면 관계에 따라 금세 사라지는 단기번호는 직업과 관계가 있다.

새 학기가 되면 새로운 번호가 저장된다. 수강하는 학생들 학부모 전화번호로 전달사항을 신속하게 보내기 위함인데 고민이 많다. 문자 보낼 때 전달 사항만 쓰면 건조한 것 같고 감정을 넣으면 내용의 핵심을 잃는다. 이런 저런 생각에 얽히다 보니 실수한다. 문자는 유턴이 없다. 일방통행은 그래서 오해를 부른다. 문자도 감정이 보인다.

대상에 대한 기억도 마찬가지다. "핸드폰 번호의 이름이 삭제되었습니다. 누군지 알려주시면 고맙겠습니다." 메시지가 왔다. 기분 상하다가도 오죽하면 그럴까 싶어 내 이름을 써서 보냈다. 나를 확인하고 어떻게 했을지는 알 수 없다. 그 후 답이 없는 걸 보면 상대에게 나도 오래 기억하고 싶지 않은 사람이었나 보다.

좋은 기억은 자주 만나지 못해도 만나면 금방 헤어진 것처럼 어색하지 않은 사이다. 코코할머니처럼 마지막 순간까지 놓지 못하는 아름다운 기억 하나쯤 품고 싶은 봄날이다.

주머니

남북 정상회담 날 세계인의 눈이 판문점으로 모였다. 나도 역사적인 순간을 놓치고 싶지 않아 텔레비전 앞을 떠나지 않았다. 정상회담을 바라보는 모든 이의 마음은 같았다. 간절한 염원이 이루어지기를 바라는 두 손이 화면에 비추기도 하고 고향을 그리워하는 노인의 애달픈 목소리도 들린다.

생중계를 지켜보던 얼마 후 살짝 바지주머니에 손을 넣는 김정은 위원장 모습이 비췄다. 잠깐이었다. 어색할 때 하는 행동으로 시진핑 주석과 처음 만날 때도 어색한 순간에 주머니를 만졌다고 한다. 바지 주머니 깊숙이 손을 넣고 서서 지켜보던 나는 깜짝 놀라 손을 뺐다. 내 집에서 나 혼자 있는데도 긴장했나보다.

외삼촌은 6·25 때 대학생이었다. 식구들 몰래 자진 납북했다. 외아들이었기에 외조부님 상처는 깊었고 외삼촌을 보지 못하고 돌아가셨다. 친정엄마는 북측 남동생을 말하지 않았다. 이산가족상봉이 이루어질 때도 보고 싶다는 말씀조차 없었다. 엄마 마음을 알 수 없어 마치 남 일인 양 지켜보았다. 북측에 외삼촌이 살아계신다면 만날 수 있을까, 생각이 많아지는 동안 손은 주머니 깊숙이 들어갔을 것이다.

파랑새는 제일 좋아하는 쇠똥구리를 잡아다가 구애한다. 쇠똥구리는 우리나라에서 사라지고 있어 멸종위기 야생동식물 2급으로 지정되었다. 파랑새 구애방법이 환경에 적응할지, 보기 힘든 쇠똥구리를 찾아다닐지 남북정상회담을 보면서 함께 견주어 본다. 손을 주머니에 넣는 김 위원장 행동은 이후 없었다.

주머니는 손을 보호하기도 하고 제약을 주기도 한다. 개인적인 취향의 멋을 주기도 하지만 경우에 따라서 주머니는 인격과 권위를 대변한다.

며칠 전 본 드라마다. 둘은 동갑이고 안면이 있다. 우여곡절을 겪으며 둘 사이 한 사람은 상사가 되고 부하직원이 된다. 서로 첨예한 신경전은 상사인 갑으로 시작된다. 그는 고압적인 행동과 언행으로 을을 제압한다. 갑은 바지 주머니에 손을 반쯤 넣었다. 주머니 속에서 손은 자유롭지 못하다. 대신 위협적인 존재가 된다. 손동작이 보이지 않아서 을은 두려움을 느낀다. 갑의 주머니는 곧 신분이다.

내 첫 기억 주머니는 작은할머니 고쟁이 주머니다. 할머니는 내 앞에서 치마를 올리고 속바지를 내리고 다시 속옷 안쪽에 있는 주머니를 열었다. 속옷을 겹겹이 벗는 과정을 지켜보면서 주머니가 빨리 나왔으면 싶었다. 그럴수록 할머니 행동은 느렸고 지쳐서 딴 짓을 할 때쯤 사탕 한 개가 나왔다. 할머니 고쟁이 주머니는 호기심을 자극했다. 내 눈빛을 허락한 할머니 주머니에 손을 넣으면 열쇠 꾸러미가 먼저 잡혔다. 사탕 몇 알, 돈과 함께 곡식도 들어 있었다. 새까맣고 낡은 주머니에서 느끼던 할머니 체온은 지금도 훈기가 돈다.

해외여행을 준비하는데 수필가 K 선생이 현대식 고쟁이라며 주머니 있는 팬티를 선물했다. 여행하는 나라 치안을 걱정한 마음은 고맙지만 어색하고 창피하여 입지 않았다. 고쟁이 주머니는 속바지가 길어야 제격이다. 그래야 깊게 만든다. 체형과 쓰고자 하는 용도에 맞게 나만의 주머니를 만든 것은 삶의 지혜였다. 가족의 식량을 책임지는 곳간 열쇠 위력은 주머니에서 나왔다. 주머니를 갖는다는 것은 자긍심이고 힘이기도 했다.

주머니 중에서 가장 달콤한 주머니는 연인들 주머니다. 잡은 손을 주머니에 함께 넣고 걷는 연인을 보면 괜한 질투가 난다.

젊어서 부럽고 함께 손잡고 걷는 살가운 거리가 부럽고 주머니 안에 함께 들어간 두 손이 부럽다. 주머니 안에서 맞잡은 손은 대화를 대신한다. 함께 가는 길에 꼭 잡을 수 있는 손이 있다는 것은 축복이다. 주머니가 있어 둘은 다정해질 것이다.

그래도 내가 제일 좋아하는 주머니는 새로운 것이 발견되는 경우다. 남편 양복 안주머니에 달라붙듯 숨겨진 빳빳한 돈, 커피숍 영수증, 학생이 색종이로 접어준 작은 별, 반가운 필체의 메모지, 생기 잃은 나뭇잎…. 사라진 내 기억을 찾아주는 주머니가 있어 안전하고 위안이 된다.

'수의壽衣에는 주머니가 없다.' 아일랜드 금언이다. 생전에는 버는 것은 즐거워할 일이나 하늘에 오를 때는 모두 기부하고 가벼운 마음이 되고자 하는 민족성이 담겨 있다. 인도 승려들이 입는 승복의 사프란 빛깔도 원래는 수의 색깔이었다. 수의 색깔 옷이니 주머니가 없다. 갖고 있는 것을 그대로 보여준다.

욕망과 치부를 감추기 위해서는 주머니가 필요하고 안전하다. 마음을 숨기기는 좋지만 많으면 모두 드러난다. 가진 것을 내려놓는 무욕의 삶에는 마음 속 주머니를 없애는 용기가 필요하다. 텔레비전 생중계는 아직 끝나지 않았다.

맛없는 내 글

모두를 태울 것 같은 폭염은 오늘도 맹위를 떨친다. 찜통더위, 최악의 폭염, 초열대야, 기상 관측 사상 최고치, 온열 환자 급증…. 더위를 표현하는 말은 매일 매일 강도가 높아지면서 폭염을 피하는 사람들 행동도 변모하고 있다. 인천공항 제2여객터미널은 노인들로 북적인다고 한다. 활동하기 쾌적한 온도가 유지되는 그곳에 친구끼리, 부부와 같이 와서 하루를 보내고 간다고 한다. 정보를 알고 전철을 탈 수 있는 그들은 그래도 더위로부터 안전하다. 바람도 들어오지 않는 쪽방촌 사람들 삶을 접할 때면 가슴이 먹먹해진다.

밤에는 갈 수 없는 폭염 쉼터 허점도 드러나고 전기료를 낼 형편이 되지 않아 에어컨을 켜지 못하는 아동센터도 있다. 무더위 양극화, 삶의 이면이 그대로 드러난다.

점심 무렵, 집 가까운 곳에 볼일이 있어 맨발에 샌들을 신고 나갔다. 얼굴은 양산으로 그늘을 만들었지만 발등은 그대로 직사광선을 받았다. 몇 걸음 걷지 않았는데도 살이 타는 듯 아팠다. 도로 위에서 내 발은 잘 타고 있는 불 속을 들어가는 느낌이었다. 활동하면서 몸으로 느끼는 폭염은 온도로 가늠할 수 없다.

올 여름 나도 폭염만큼 뜨겁다. 세 번째 수필집을 준비하고 있다. 2011년 두 번째 수필집 이후 7년 만이다. 〈꼬리로 말하다〉 출간할 때 시어머니가 위독하셨다. 어머니 병상 곁 간이의자에서 퇴고하고 간호했다. 약력에 들어갈 사진을 보여드리니 늙어 보인다고 싫어하셨다. 사진은 바꾸지 않았다. 여유도 없었고 고집도 있었다. 그때까지 내 삶은 평온했고 때로는 자만했으며 당당했다.

세 번째 수필집은 시어머니가 돌아가신 이후부터 글이다. 그래서 이별 이야기가 많다. 나를 사랑하고 버팀목이 되어준 양가 부모님과 가까운 친척 어른들 모두 돌아가셨다. 자식 같던 반려견도 제 수명을 다하고 떠났다. 지난 7년은 내 삶에서 이별하는 기간이었고 새로운 변화였다. 연민과 후회와 애정이 글 속으로 스며들었다. 마음 아파서 글 썼고, 글을 쓰면서 이해했으며 상처가 치유됐다. 장례 기간 눈물 한 방울 나오지 않아 야속하더니 글 쓰면서 눈물샘이 터졌다.

내 글에는 간이 없다. 그래서 맛이 없다. 읽기가 거북할 때도 있다. 익숙한 맛의 갈증을 배제했다. 국수꼬리가 생각난다. 여름철 별미 국수를 만들기 위해 홍두깨 미는 엄마 손이 바빴다. 사각사각 국수 써는 소리는 듣기도 좋았다. 기다리면 썰고 남은 국수꼬리가 내게 온다. 모양도 볼품없고 납작하여 구우면 재까지 붙었다. 끝은 타서 쓰고 잘 구워지면 부서지고 가끔은 덜 익기도 했지만 씹을수록 고소했다. 첫맛은 없지만 끝 맛이 좋아 오래 남는 글, 평범한 소재를 담백하게 풀어보고 싶었다.

그러다 보니 호흡이 일정하지 못해 도드라졌다. 알면서도 수정하지 않았다. 내 글 같지 않았다. 개성 있게 쓰기, 현재 감정에 이끌리지 않기, 나이 들지 않게 쓰기, 글 쓰면서 화두처럼 곁에 두었던 말이다.

원고 분량과 소재도 고민이 많았다. 수필 분량을 염두에 두면 생각이 자유롭지 못했고 분량이 늘면 설명이 되었다. 청탁받은 글은 주제에 끌려 소재가 신선하지 못했다. 글이 짧으면 미니스커트 같고 길면 롱스커트 같은데 유행과 장소와 취향과 연령에 따라 선택이 달라지는 다양한 독자층을 의식하지 않을 수 없었다. 어떻게 써야 하는지 고민할 때 윤오영 선생님 글에서 답을 얻었다.

〈'절실'이란 두 자를 알면 생활이요, '진솔'이란 두 자를 알면 글이다. 눈물이 그 속에 있고, 진리가 또한 그 속에 있다. 거짓 없는 눈물과 웃음 이것이 참다운 인생이다. 인생의 에누리 없는 고백, 이것이 곧 글이다.〉

나도 수필은 삶이고 삶을 엮어가는 과정을 회전문이라고 생각한다. 회전문은 한 번에 나갈 수 없다. 제 자리로 오기까지 밀고 들어갔다가 다시 나와야 하는데, 네 개의 날개가 함께 돌아야 가능하다. 내 글도 보고 느끼고 경험에서 얻은 사유들이 회전문처럼 밀어내고 들어오며 언어가 되었다.

그러나 에누리 없는 인생의 고백이 진솔하지 못했다.